EM RISCO

A marca fsc é a garantia de que a madeira utilizada na fabricação do papel deste livro provém de florestas que foram gerenciadas de maneira ambientalmente correta, socialmente justa e economicamente viável, além de outras fontes de origem controlada.

PATRICIA CORNWELL

EM RISCO

TRADUÇÃO
Rafael Mantovani

COMPANHIA DAS LETRAS

Copyright © 2006 by CEI Enterprises, Inc.

Proibida a venda em Portugal.

Grafia atualizada segundo o Acordo Ortográfico da Língua Portuguesa de 1990, que entrou em vigor no Brasil em 2009.

Título original
At risk

Capa
Elisa v. Randow

Foto de capa
© *Jana Leon/ Getty Images*

Preparação
Cláudia Cantarin

Revisão
Carmen S. da Costa
Valquíria Della Pozza

Dados Internacionais de Catalogação na Publicação (CIP)
(Câmara Brasileira do Livro, SP, Brasil)

Cornwell, Patricia.
 Em risco / Patricia Cornwell ; tradução Rafael Mantovani.
 — São Paulo : Companhia das Letras, 2011.

 Título original: At risk.
 ISBN 978-85-359-1790-1

 1. Ficção policial e de mistério (Literatura norte-americana) I. Título.

11-13475   CDD-813.0872

Índice para catálogo sistemático:
1. Ficção policial e de mistério : Literatura norte-americana 813.0872

[2011]
Todos os direitos desta edição reservados à
EDITORA SCHWARCZ LTDA.
Rua Bandeira Paulista, 702, cj. 32
04532-002 — São Paulo — SP
Telefone (11) 3707-3500
Fax (11) 3707-3501
www.companhiadasletras.com.br

*Para o dr. Joel J. Kassimir,
um verdadeiro artista.*

1

Uma tempestade de outono castigou Cambridge o dia inteiro e parece que vai seguir noite adentro. Relâmpagos e trovões ressoam enquanto Winston Garano (mais conhecido como "Win" ou "Jerônimo") avança a passos largos na penumbra pela borda leste do Harvard Yard. Ele não tem guarda-chuva. Não tem casaco. Seu terno Hugo Boss está grudado no corpo e seus cabelos escuros estão pingando; os sapatos Prada estão encharcados e imundos devido a um passo em falso numa poça ao sair do táxi. É claro que o maldito taxista o deixou no maldito endereço errado, não no número 20 da rua Quincy, em frente ao clube dos professores de Harvard, mas sim no Fogg Art Museum, e na verdade foi culpa de Win. Quando entrou no táxi no Aeroporto Internacional de Boston, disse: *Clube dos professores de Harvard. É perto do Fogg*, pensando que, se fizesse referência a ambos, talvez parecesse um aluno de Harvard ou um colecionador de obras de arte, em vez do que realmente é, um investigador da Polícia Estadual de Massachusetts que tentou entrar em Harvard dezessete anos antes e não conseguiu.

Grandes gotas parecem dedos irritados batucando no topo de sua cabeça, e ele é tomado de ansiedade ao postar-se no velho passeio de tijolos vermelhos, no meio do velho pátio de tijolos vermelhos, olhando a rua Quincy de alto a baixo, observando as pessoas passarem depressa em carros e bicicletas, uns poucos a pé curvados sob guarda-chuvas. Pessoas privilegiadas cruzam a chuva e a névoa.

Pertencem a este lugar e sabem disso. Também sabem aonde estão indo.

"Licença", Win diz a um sujeito de jaqueta preta e calça jeans folgada e desbotada. "Sua pergunta da Mensa de hoje."

"Hã?" Ele franze a testa, depois de atravessar a rua de mão única encharcada, com uma mochila pingando nas costas.

"Onde é o clube dos professores?"

"É ali", responde com uma arrogância desnecessária, provavelmente porque, se Win fosse membro do corpo docente ou alguém importante, é claro que saberia a localização do clube dos professores.

Ele anda em direção a uma bela construção em estilo neogeorgiano com telhado de ardósia cinza, guarda-chuvas brancos molhados brotando no pátio de tijolos. Janelas acesas aquecem a escuridão espessa, e o murmúrio de uma fonte se funde ao barulho da chuva enquanto ele segue o caminho de pedrinhas escorregadias até a porta da frente, passando os dedos pelos cabelos molhados. Lá dentro, ele olha ao redor como se tivesse acabado de entrar numa cena de crime, assimilando o ambiente, avaliando o que deve ter sido um salão de visitas de algum aristocrata endinheirado mais de um século atrás. Observa os painéis de mogno, os tapetes persas, os lustres de latão, os cartazes de teatro vitorianos, os retratos pintados a óleo e uma velha escadaria lustrosa que leva a um lugar aonde ele provavelmente nunca irá.

Win senta num sofá antigo e duro, enquanto um carrilhão lembra que ele chegou pontualmente e a promotora pública Monique Lamont (Monique *Lamoney*, como ele a chama), a mulher que basicamente controla sua vida, ainda não apareceu. Em Massachusetts, os promotores públicos têm jurisdição sobre todos os homicídios e contam com um serviço próprio de investigação da Polícia Estadual, o que significa que Lamont pode trazer quem quiser para integrar seu esquadrão pessoal, e também pode dispensar quem quiser. Ele pertence a ela, e ela tem maneiras peculiares de lembrá-lo disso.

Esta é a mais recente, a pior de todas as suas manobras políticas e de seu raciocínio às vezes míope, ou o que ele às vezes considera fantasias da parte dela, tudo emanando de sua insaciável ambição e necessidade de controle. De repente ela decide enviá-lo para o Sul, para Knoxville, Tennessee, para cursar a Academia Forense Nacional, com a alegação de que quando voltar vai compartilhar com os colegas as mais recentes inovações em investigação de cena do crime, mostrar como fazer do jeito certo, do jeito exato. Mostrar como garantir que nenhuma investigação criminal *jamais, e eu digo jamais mesmo, será prejudicada pelo mau uso das provas ou por falta dos procedimentos e análises adequados*, ela disse. Ele não entende. A Polícia Estadual de Massachusetts tem csis. Por que não mandar um deles? Ela não deu ouvidos. Não quis explicar.

Win olha para os sapatos encharcados que custaram vinte e dois dólares numa loja de roupas usadas chamada Hand-Me-Ups. Nota que começaram a secar as manchas de água no terno cinza, comprado por cento e vinte dólares na mesma loja onde arranjou várias roupas de grife usadas a preço de banana, descartadas por pessoas ricas que enjoam fácil das coisas, ou que estão doentes ou mortas. Ele espera e fica preocupado, especulando o que seria tão importante a ponto de fazer Lamont convocá-lo a ir até lá de Knoxville. Roy, seu covarde e arrogante secretário de imprensa, telefonou para ele hoje de manhã, tirou-o da aula e disse para tomar o próximo voo para Boston.

Imediatamente? Por quê?, Win protestou.
Porque ela mandou, Roy respondeu.

Dentro do prédio alto de concreto pré-moldado do Tribunal do Distrito de Cambridge, Monique Lamont surge do lavabo particular dentro de seu grande escritório particular. Diferentemente de muitos promotores públicos e outros que

trafegam pelo mundo da justiça criminal, ela não coleciona quepes e distintivos de polícia, nem uniformes estrangeiros e armas ou fotos emolduradas de oficiais famosos. Quem lhe dá esses presentes faz isso apenas uma vez, pois ela não hesita em devolver ou doar tudo. Lamont gosta de vidro.
Vidro decorado, vitrais, vidro veneziano, vidro novo, vidro antigo. Quando a luz do sol preenche sua sala, transforma-se num fogo prismático, cintilante, tremulante, brilhante, reluzindo num espectro de cores, distraindo as pessoas, deslumbrando-as. Ela recebe pessoas distraídas e deslumbradas em seu arco-íris, depois lhes apresenta a grande tempestade que veio antes.

"Não mesmo", ela continua de onde parou, sentando-se à enorme mesa de vidro, uma mesa transparente que de modo algum impede que ela use saia curta. "Não vamos ter outro maldito vídeo educativo sobre dirigir bêbado. Ninguém além de mim consegue pensar em nada diferente?"

"Na semana passada, em Tewksbury, uma família inteira foi morta por um motorista embriagado", diz Roy, sentado num sofá de canto, olhando para as pernas dela quando acha que Lamont não está percebendo. "Isso é muito mais relevante para os cidadãos do que um velho caso de assassinato numa cidade provinciana do Sul, para a qual ninguém aqui dá a mínima..."

"Roy." Lamont cruza as pernas e observa o olhar dele sobre ela. "Você tem mãe?"

"Ora, vamos, Monique."

"É claro que você tem mãe." Ela levanta, começa a andar de um lado para o outro, desejando que estivesse fazendo sol.

Ela odeia chuva.

"Você ia gostar, Roy, se sua mãe de quarenta e cinco quilos fosse brutalmente espancada na própria casa e abandonada para morrer sozinha?"

"Ah, Monique. A questão não é essa. Deveríamos estar cuidando de um homicídio não solucionado em Massachusetts, e não de um caso na Caipirolândia. Quantas vezes vamos ter que discutir isto?"

"Você é ingênuo, Roy. Mandamos um dos nossos melhores agentes, resolvemos o caso e chamamos..."

"Eu sei, eu sei. Chamamos a atenção do país inteiro."

"A mão firme e forte se estendendo para ajudar os menos privilegiados, os menos, bem... menos tudo. Nós pegamos as velhas provas, reexaminamos..."

"E contribuímos para melhorar a imagem de Huber. De algum modo, ele e o governador é que vão ficar bem nesta história. Você está se iludindo se acha que vai ser diferente."

"Sou *eu* que vou ficar bem nesta história. E você vai garantir isso..."

Ela para abruptamente de falar quando a porta da sala se abre e, por coincidência (talvez coincidência demais), seu assistente entra sem bater. Ele é filho de Huber. Por um instante Lamont suspeita que ele estivesse escutando a conversa. Mas a porta está fechada. Não é possível.

"Toby", ela diz em tom de advertência. "Eu sou psicótica ou você entrou sem bater outra vez?"

"Foi mal. Cara, minha cabeça está até aqui de coisa." Ele funga e balança a cabeça raspada, parece meio chapado. "Só queria avisar que estou indo embora."

Para sempre, ela deseja. "Estou plenamente ciente disso", ela diz.

"Volto na segunda que vem. Vou ficar de boa em Martha's Vineyard, arejando a cabeça. Meu pai sabe onde me achar se você precisar de mim."

"Você cuidou de todos os assuntos pendentes?"

Toby funga outra vez. Lamont tem quase certeza de que ele usa cocaína. "Hã, tipo o quê?"

"Hã, tipo tudo o que eu coloquei na sua mesa", ela diz, batendo uma caneta dourada num bloco de anotações.

"Ah é, claro. E eu fui um bom menino, limpei tudo, deixei tudo direitinho para você não ter que arrumar minha bagunça." Ele dá um sorriso malicioso, o rancor que sente em relação a ela transparecendo em seu jeito lesado, sai e fecha a porta.

"Um dos meus maiores erros", ela diz. "Nunca faça um favor para um colega."

"É óbvio que você tomou sua decisão, e é tão definitiva quanto a morte", Roy continua de onde parou. "E ainda acho que você está cometendo um erro enorme. Talvez até fatal."

"Chega de analogias com a morte, Roy. Elas me irritam. Preciso de um café."

O governador Miles Crawley está sentado no banco de trás de sua limusine preta, com a divisória erguida e os guarda-costas longe de sua vista, sem poder escutá-lo falar ao telefone.

"Não vá ficar confiante e se descuidar", ele diz, olhando para suas longas pernas esticadas, vestidas em risca de giz, um olhar vazio em seus sapatos pretos lustrosos. "E se alguém der com a língua nos dentes? Não deveríamos estar falando sobre isto..."

"O *alguém* em questão não vai dar com a língua nos dentes. Isso é garantido. E eu sou sempre cuidadoso."

"Nada é garantido além da morte e dos impostos", diz o governador enigmaticamente.

"Neste caso você tem uma garantia, não tem como dar errado. Quem não sabia onde estava? Quem foi que perdeu? Quem escondeu? Não importa o que aconteça, para quem é que vai pegar mal?"

O governador olha pela janela, vê a escuridão, a chuva, as luzes de Cambridge, sem saber se fizera bem ao permitir que tudo aquilo fosse adiante, e decide: "Bem, não tem mais volta quando vazar para a imprensa. É bom mesmo que você tenha razão, pois é em você que vou pôr a culpa. Essa droga de ideia foi sua".

"Confie em mim, para você vão ser só boas notícias."

O governador gostaria muito de receber boas notícias.

Sua mulher o atormenta o tempo todo, seu intestino está descontrolado, e lá vai ele para outro jantar. Este é no Fogg Art Museum, onde vai perambular olhando quadros de Degas, depois dizer umas poucas palavras para garantir que todos os filantropos amantes da arte e elitistas de Harvard se lembrem de como ele é culto.

"Não quero mais falar sobre isto", diz o governador.

"Miles..."

Ele odeia ser chamado pelo primeiro nome, por mais que conheça a pessoa há tempos. É *governador Crawley*. Algum dia *senador Crawley*.

"Você vai me agradecer, prometo..."

"Não me obrigue a repetir o que já disse", avisa o governador Crawley. "Esta é a última vez que temos esta conversa." Ele encerra a ligação e guarda o celular no bolso do paletó.

A limusine para em frente ao Fogg. Crawley espera seus guarda-costas o retirarem do carro, conduzindo-o para sua próxima encenação política, sozinho. Dane-se a maldita esposa e dane-se a maldita sinusite dela. Não faz nem uma hora que ele foi instruído sobre Degas, mas pelo menos sabe pronunciar o nome e que ele era francês.

Lamont se levanta, anda devagar e observa pela janela um entardecer deprimente, escuro e úmido, dando goles num café com gosto de queimado.

"A mídia já começou a ligar", diz Roy em tom de advertência.

"Acredito que esse era o plano", ela diz.

"Nós precisamos de um plano de controle de estragos..."

"Roy. Não aguento mais ouvir isto!"

Ele é tão covarde... Que criatura medrosa, ela pensa, de costas para ele.

"Monique, eu só não entendo como você consegue realmente acreditar que algum esquema do governador vai acabar beneficiando você."

"Se vamos ganhar cinquenta milhões de dólares para construir um novo laboratório criminal", ela repete devagar, como se ele fosse imbecil, "precisamos chamar atenção, mostrar ao público e ao poder legislativo que temos justificativa para atualizar a tecnologia, contratar mais cientistas, comprar mais equipamento de laboratório, montar o maior banco de dados de DNA do país, quem sabe até do mundo. Resolvemos um caso antigo que a gente do bom e velho Sul deixou numa caixa de papelão durante vinte anos, e viramos heróis. Os contribuintes nos apoiam. Nada funciona melhor que o sucesso."

"Isso é parte da lavagem cerebral de Huber. Que diretor de laboratório criminal não ia querer convencer você a fazer isso, apesar do risco que você corre com isso?"

"Por que você não enxerga como esta ideia é boa?", ela diz frustrada, olhando a chuva lá fora, a chuva incessante e sombria.

"Porque o governador Crawley odeia você", responde Roy numa voz monótona. "Pergunte a si mesma por que ele entregaria isto nas suas mãos."

"Porque eu sou a promotora pública de maior visibilidade em todo o estado. Sou uma mulher. Para ele não parecer o intolerante de direita, machista e turrão que realmente é."

"E concorrendo contra ele... qualquer erro vai estourar em cima de você, não dele. Você é que vai ser Robert E. Lee rendendo sua espada, não ele..."

"Então agora ele é Ulysses S. Grant... Win vai acabar com isso."

"É mais provável que ele acabe com você."

Ela se vira devagar, olha fixamente para Roy, observa-o folhear um caderno.

"O que exatamente você sabe sobre ele?", Roy pergunta.

"É o melhor investigador da unidade. Politicamente, uma escolha perfeita."

"Vaidoso, obcecado por roupas." Ele lê suas anotações.

"Ternos de grife, um Hummer, uma Harley, o que levanta suspeitas sobre sua situação financeira. Um Rolex."

"Um Breitling. Titânio. Provavelmente em *bom estado*, de uma dessas lojas de segunda mão", ela diz.

Roy ergue o olhar, surpreso. "Como você sabe onde ele compra as coisas que usa?"

"Porque reconheço as coisas boas da vida. Certa manhã perguntei como ele tinha dinheiro para comprar a gravata Hermès que estava vestindo aquele dia."

"Costuma se atrasar quando chamado a cenas de crime", Roy continua.

"Segundo quem?"

Ele passa mais várias páginas do caderno, percorre uma delas com o dedo. Ela espera que os lábios dele se mexam enquanto ele lê em silêncio. *Pronto, mexeram. Meu Deus. O mundo é cheio de imbecis.*

"Ele não parece ser gay", continua Roy. "Isso é uma boa notícia."

"Na verdade, seria bem moderno da nossa parte se nosso detetive-propaganda fosse gay. O que ele bebe?"

"Bem, ele não é gay, isso é certeza", diz Roy. "É um mulherengo."

"Segundo quem? O que ele gosta de beber?"

Roy faz uma pausa, confuso, e diz: "Beber? Não, pelo menos esse problema ele não tem...".

"Vodca, gim, cerveja?" Ela está prestes a perder completamente a paciência.

"Não faço a mínima ideia."

"Então ligue para o Huber, que é amigo dele, e descubra. E faça isso antes de eu ir para o clube dos professores."

"Às vezes eu simplesmente não entendo você, Monique." Ele volta para suas anotações. "Narcisista."

"Quem não seria se tivesse a aparência dele?", ela diz.

"Convencido, um rostinho bonito, um terno vazio. Você devia ouvir o que os outros policiais têm a dizer sobre ele."

"Acho que acabei de ouvir."

Win Garano aparece na mente dela. Seus cabelos escuros, ondulados, seu rosto perfeito. Um corpo que parece esculpido de uma pedra cremosa e bronzeada. E seus olhos, alguma coisa em seus olhos. Quando ele olha para ela, Lamont tem a estranha sensação de estar sendo lida, de que ele a conhece, talvez até saiba algo que ela não sabe.

Ele vai ficar perfeito na TV, perfeito nas sessões de fotos.

"... provavelmente as duas únicas coisas boas que posso dizer a respeito de Win Garano é que ele é apresentável", continua dizendo o pobre e inadequado Roy, "e tem certo *status* de minoria. Embora seja pardo, nem lá nem cá."

"O que você acabou de dizer?", Lamont o encara. "Vou fingir que você não disse isso."

"Então como chamamos?"

"Não chamamos de nada."

"Afro-italiano? Bem, imagino que sim", ele responde às próprias perguntas enquanto folheia o caderno. "Pai negro, mãe italiana. Pelo jeito decidiram lhe dar o sobrenome da mãe, Garano, por motivos óbvios. Ambos os pais estão mortos. Aquecedor com defeito. Alguma espelunca onde eles moravam quando ele era menino."

Lamont pega seu casaco atrás da porta.

"A infância dele é um mistério. Não faço ideia de quem o criou, não tem nenhum parente próximo listado, a pessoa a contatar em caso de emergência é um tal Farouk, que parece ser o senhorio dele."

Ela tira da bolsa as chaves do carro.

"Menos sobre ele, mais sobre mim", ela diz. "O histórico dele não importa. O meu, sim. Minhas conquistas. Minha carreira. Minha posição nas questões que interessam. O crime. Não só o crime de hoje. Não só o crime de ontem." Ela sai pela porta. "Qualquer crime. Ontem, hoje ou amanhã."

"Certo", Roy vai atrás dela. "Belo slogan para uma campanha."

2

Lamont fecha o guarda-chuva e desabotoa sua longa capa preta ao avistar Win num sofá antigo, tão confortável quanto uma tábua de madeira.

"Espero que não esteja esperando há muito tempo", ela se desculpa.

Se Lamont tivesse algum receio de incomodá-lo, não teria mandado que viesse de avião até ali para jantar, interrompendo seu treinamento na Academia Forense Nacional, interrompendo sua vida, como sempre. Ela traz uma sacola plástica com o nome de uma adega.

"Reuniões, e o trânsito estava horrível", diz, com quarenta e cinco minutos de atraso.

"Na verdade, acabei de chegar." Win se levanta, seu terno coberto de manchas de água que nunca teriam secado se tivesse acabado de sair da chuva.

Ela tira a capa de chuva, e é difícil não notar o que há por baixo. Lamont fica melhor de terno que qualquer mulher que Win conhece. É uma pena que a Mãe Natureza tenha desperdiçado tanta beleza nela. Seu nome é francês e ela parece francesa, morena e exótica, sexy e sedutora de um modo perigoso. Se a vida tivesse sido diferente e Win tivesse entrado em Harvard e Lamont não fosse tão ambiciosa e egoísta, eles provavelmente se dariam bem e acabariam na cama.

Ela olha a sacola esportiva dele, franze a testa e diz: "Isso sim é obsessão. Você conseguiu encaixar uma ida à academia no percurso entre o aeroporto e aqui?".

"Precisei trazer umas coisas." Constrangido, ele passa a sacola para a outra mão, tomando cuidado para não chacoalhar os objetos de vidro no seu interior, objetos que um policial durão como ele não deveria carregar, principalmente não perto de uma promotora durona como Lamont.

"Pode deixar na chapelaria. Fica ali, perto do banheiro masculino. Você não tem uma arma aí dentro, tem?"

"Só uma Uzi. É a única coisa que ainda deixam levar no avião."

"Pode aproveitar e pendurar isto." Ela entrega sua capa. "E isto é para você."

Lamont lhe dá a sacola; Win olha dentro, vê uma garrafa de bourbon Booker's, a bebida preferida dele, em um caixote de madeira, artigo de luxo.

"Como você sabia?"

"Sei muitas coisas sobre minha equipe, faço disso uma missão."

Ele odeia ser chamado de *equipe*. "Obrigado", resmunga.

Dentro da chapelaria, Win deposita com cuidado a sacola em cima de uma estante, depois segue Lamont para um salão de jantar com velas, toalhas brancas e garçons vestindo paletós brancos. Ele tenta não pensar no terno manchado e nos sapatos encharcados, sentado diante de Lamont numa mesa de canto. Está escuro lá fora, as luzes da rua Quincy aparecem borradas por trás da chuva e da névoa, e pessoas vêm na direção do clube para jantar. Elas não têm manchas nas roupas, pertencem a este lugar, provavelmente estudaram aqui, talvez lecionem aqui, são o tipo de gente que Monique Lamont namora ou tem como amigos.

"*Em Risco*", ela começa. "A nova iniciativa de nosso governador contra o crime, que ele entregou nas minhas mãos." Ela sacode um guardanapo de linho para desdobrá-lo, e o estende no colo quando aparece o garçom. "Uma taça de *sauvignon blanc*. Aquele sul-africano que eu bebi da última vez. E água com gás."

"Chá gelado", diz Win. "Que iniciativa contra o crime?"

"Pode pedir o que quiser", ela diz com um sorriso.

"Vamos ser sinceros esta noite."

"Booker's. Com gelo", ele diz ao garçom.

"O DNA sempre existiu", ela começa. "E DNA ancestral pode acabar com a dúvida nos casos sem solução. Você conhece a nova tecnologia que estão usando em alguns laboratórios particulares?"

"Claro. DNAPrint Genomics, em Sarasota. Ouvi falar de uns assassinatos em série que eles ajudaram a resolver..."

Ela continua sem ele: "Amostras biológicas deixadas em casos em que não fazemos ideia de quem é o criminoso e não encontramos nada pesquisando em bancos de dados. Nós refazemos os testes usando a tecnologia de ponta. Descobrimos, por exemplo, que o suspeito é do sexo masculino, 82% europeu, 18% americano nativo, então sabemos que ele é branco e talvez até a cor dos cabelos e dos olhos".

"E essa história de Em Risco? Tirando o fato de que o governador precisa dar algum nome para a nova iniciativa, imagino".

"É óbvio, Win. Toda vez que tiramos um delinquente de circulação, a sociedade fica menos *em risco*. O nome é ideia minha, é minha responsabilidade, meu projeto, e pretendo dedicar atenção total a ele."

"Com todo o respeito, Monique, você não podia ter me passado tudo isto por e-mail? Precisei vir de avião no meio de uma tempestade do Tennessee até aqui para você me falar sobre a mais nova manobra publicitária do governador?"

"Vou ser brutalmente sincera", ela o interrompe, nada de novo.

"Você é boa em coisas brutais." Ele sorri para ela. O garçom volta com as bebidas pedidas, tratando Lamont como se fosse da realeza.

"Sejamos francos", ela diz. "Você é bastante inteligente. E é um sonho para a mídia."

Não é a primeira vez que ele pensa em sair da Polícia Estadual de Massachusetts. Ele pega o bourbon, se arrependendo de não ter pedido um duplo.

"Houve um caso em Knoxville vinte anos atrás...", ela continua.

"*Knoxville?*"

O garçom permanece à espera para anotar o pedido deles. Win ainda nem olhou o cardápio.

"O *bisque* para começar", pede Lamont. "Salmão. Outro *sauvignon blanc*. Dê a ele aquele bom *pinot* do Oregon.

"O filé que você tiver, malpassado", diz Win. "Uma salada com vinagre balsâmico. Sem batata. Vejamos. Por acaso me enviam para Knoxville, e de repente você decide resolver um caso arquivado de lá."

"Uma mulher idosa espancada até a morte", continua Lamont. "Ao que parece, um roubo que deu errado. Possível tentativa de estupro, nua, calcinha baixada até os joelhos."

"Fluido seminal?" Ele não consegue evitar. Políticos ou não, os casos o atraem como buracos negros.

"Não sei os detalhes." Ela põe a mão na bolsa, tira um envelope pardo, entrega para ele.

"Por que Knoxville?" Ele não desiste, sua paranoia o pressiona com mais força.

"Precisávamos de um assassinato e de alguém especial para trabalhar no caso. Você está em Knoxville, pensamos em ver que casos em aberto eles têm, e cá estamos. Este parece ter causado sensação na época, mas hoje está tão frio e esquecido quanto a vítima."

"Há um monte de casos em aberto em Massachusetts." Ele olha para ela, estudando-a, sem entender ao certo o que de fato está acontecendo.

"Este deve ser fácil."

"Eu não contaria com isso."

"Funciona bem por uma série de motivos. Um fracasso lá embaixo não vai ser tão visado quanto um aqui em cima", ela diz. "Segundo a nossa versão, enquanto você estava cursando a Academia, ouviu falar do caso e achou que Massachusetts podia dar assistência, experimentar esta nova análise de DNA, ajudar..."

"Então você quer que eu minta", ele diz.

"Quero que você seja diplomático, esperto."

Win abre o envelope e retira cópias de artigos de jornal, da autópsia e de relatórios do laboratório, provavelmente de microfilme, nenhuma com boa qualidade.

"Ciência", ela diz com confiança. "Se é verdade que há um gene de Deus, então talvez também haja um gene do Diabo", ela acrescenta. Lamont adora afirmações enigmáticas empoladas.

Ela é quase citável.

"Estou procurando o diabo que escapou, procurando seu DNA ancestral."

"Não sei por que você não usa então o laboratório na Flórida, que é famoso por esse tipo de coisa." Win olha a cópia borrada do relatório de autópsia e acrescenta: "Vivian Finlay. Sequoyah Hills. Família rica de Knoxville, morava à beira-rio, não entra numa casa que valha menos de um milhão. Alguém deu mesmo uma boa surra nela."

Embora não haja fotos nos relatórios que Lamont lhe deu, o protocolo da autópsia é muito claro. Vivian Finlay sobreviveu por tempo suficiente para ter uma resposta tecidual significativa, seu rosto lacerado e com hematomas, seus olhos cobertos de inchaços. Quando seu couro cabeludo foi analisado, revelou enormes contusões, crânio com áreas recortadas, causadas por golpes violentos e repetidos de uma arma com ao menos uma superfície redonda.

"Se vamos fazer teste de DNA, então deve haver evidência. Quem ficou com a evidência esse tempo todo?", ele pergunta.

"Só sei que foi o FBI que fez os exames em laboratório na época."

"O FBI? Que interesse eles tinham?"

"Quis dizer as autoridades estaduais", ela diz.

"O TBI. Escritório de Investigação do Tennessee."

"Não acho que fizessem teste de DNA naquela época."
"Não. A idade das trevas, quando ainda se fazia a boa e velha sorologia, tipificação ABO. Exatamente o que foi analisado e em poder de quem ficaram as provas até agora?", ele tenta de novo.
"Roupas com sangue. Pelo que entendi, ainda estavam na sala de provas do Departamento de Polícia de Knoxville, foram mandadas para o laboratório na Califórnia..."
"Califórnia?"
"Isso foi cuidadosamente pesquisado por Huber."
Win indica as fotocópias que ela lhe deu, então pergunta: "É só isto?".
"Parece que o necrotério de Knoxville mudou de endereço. Os velhos registros estão armazenados em algum lugar. O que eu entreguei foi o que Toby conseguiu localizar."
"Ou seja, o que ele pediu para o escritório do legista imprimir do microfilme. Que preguiçoso", ele diz, sarcástico. "Não sei por que diabos você tem um idiota que nem ele..."
"Você sabe por quê."
"Não sei como Huber pôde ter um filho idiota que nem ele. Você devia tomar cuidado ao fazer favores para o diretor dos laboratórios criminais, por mais que ele seja um ótimo sujeito, Monique. Isso poderia ser interpretado como conflito de interesse..."
"Que tal deixar que eu lide com isso?", ela diz, fria.
"Só digo que Huber deve um favorzão se largou Toby nas suas costas."
"Está bem. Combinamos de ser sinceros hoje." Ela o encara, mantém seu olhar. "Foi mesmo um erro da minha parte. Você tem razão. Toby é um inútil, um desastre."
"Preciso do arquivo da polícia. Será que o desastre do Toby tirou uma cópia disso também no decorrer da sua árdua e minuciosa pesquisa?"
"Acho que você mesmo pode cuidar disso, quando voltar para Knoxville. Toby acaba de sair de férias."

"Coitado. Deve estar exausto de trabalhar tão duro."
Lamont observa o garçom voltar com uma bandeja de prata e duas taças de vinho. "Você vai gostar do *pinot*. Um Drouhin, da filha, na verdade", ela diz.
Ele agita o vinho devagar, sente o aroma, o gosto. "Você esqueceu? Você me mandou para a Academia porque é, segundo as suas palavras, a *Harvard da Ciência Forense*. Ainda tenho um mês de curso."
"Tenho certeza de que eles vão dar um jeito, Win. Ninguém falou nada de você abandonar o curso. Na verdade, isto também vai pegar bem para a imagem da Academia."
"Vou ter de trabalhar durante o sono. Então vejamos." Ele dá um gole no vinho. "Você está usando a Academia Forense Nacional, usando o Departamento de Polícia, me usando, usando todo mundo para obter vantagem política. Diga uma coisa, Monique." Ele abusa da sorte, seus olhos a fitam intensamente. "Você realmente se importa com esta velha morta?"
"Manchete: Poderoso detetive de Massachusetts ajuda polícia de cidade pequena, resolve caso de vinte anos atrás e vinga senhora de idade morta por uns trocados."
"Trocados?"
"Está em um dos artigos de jornal que dei para você", ela diz. "A senhora Finlay colecionava moedas de prata. Tinha uma caixa delas na penteadeira. A única coisa que sumiu, até onde se sabe."

Ainda está chovendo quando eles saem do clube dos professores de Harvard e seguem pelo velho caminho de tijolos até a rua Quincy.
"Para onde?", Lamont pergunta, meio escondida por um grande guarda-chuva preto.
Win nota seus dedos finos prendendo com firmeza o cabo de madeira do guarda-chuva. Suas unhas são quadradas, sem esmalte, e ela usa um grande relógio de ouro branco com uma pulseira preta de crocodilo, um Breguet,

e um anel com o selo de Harvard. Tanto faz o que ela ganha como promotora pública e com as aulas que às vezes ministra na faculdade de direito. Lamont vem de uma família endinheirada — muito endinheirada, pelo que se diz — e possui uma casa histórica perto da praça Harvard, além da Range Rover verde-musgo estacionada do outro lado da rua escura e molhada.

"Não precisa", ele diz, como se ela tivesse oferecido carona. "Vou andar até a praça Harvard e pegar um táxi. Ou talvez dar um passeio até o Charles, ver se tem um bom jazz no Regattabar. Você gosta de Coco Montoya?"

"Não hoje."

"Eu não disse que ele estava tocando hoje."

Ele também não estava convidando.

Ela fuça os bolsos da capa, impaciente, à procura de alguma coisa, e diz: "Me mantenha informada, Win. Sobre cada detalhe".

"Eu vou aonde a evidência for. E um detalhe que não podemos esquecer no meio do entusiasmo: não posso ir aonde a evidência não for."

Exasperada, ela enfia a mão em sua bolsa cara.

"Odeio enfatizar o óbvio", ele diz enquanto a chuva cai em sua cabeça descoberta, escorrendo pelo colarinho. "Não vejo de que vai adiantar sua iniciativa Em Risco se não conseguirmos resolver o caso."

"No mínimo, vamos conseguir um perfil de DNA ancestral e dizer que o caso foi reaberto por isso, o que já rende notícia e é um ato de compaixão. Nunca vamos admitir a derrota, é só continuar mantendo o caso aberto. Um trabalho em andamento. Você se forma na Academia, volta para suas tarefas de sempre. E em algum momento todos vão acabar esquecendo o caso de novo..."

"E aí talvez você já seja governadora", ele diz.

"Não seja tão cínico. Não sou essa pessoa de sangue-frio que você insiste em ver. Droga, onde estão minhas chaves?"

"Na sua mão."
"As chaves de casa."
"Quer que eu vá com você, para garantir que consiga entrar?"
"Tenho uma reserva numa caixa de chaves", ela diz, e o deixa abruptamente na chuva.

3

Win olha para os dois lados da rua, observando as pessoas avançarem cheias de propósito pelas calçadas, observando os carros passarem, com seus pneus cuspindo água, observando Lamont partir.

Ele anda em direção à praça Harvard, onde os cafés estão abertos apesar do tempo ruim, e se enfia no Peet's, espremendo-se entre pessoas, a maior parte estudantes, privilegiados e autocentrados. Quando ele pede um *latte*, a menina atrás do balcão fica boquiaberta, com o rosto vermelho. Ele está acostumado, geralmente fica até lisonjeado, acha graça, mas não hoje. Não consegue parar de pensar em Lamont e em como ela faz com que se sinta.

Carrega seu *latte* pela praça Harvard, onde passa o trem da linha vermelha. A maioria das pessoas que anda nele não está matriculada em Harvard, talvez nem saiba que Harvard é mais que uma faculdade local. Ele perambula na calçada ao longo da rua John F. Kennedy, estreitando os olhos para os faróis que vêm em sua direção, e a chuva cortando as luzes brilhantes o faz pensar em traços a lápis, em desenhos infantis de chuva caindo, como os que costumava fazer quando era menino, na época em que desenhava algo além de cenas de crime e fazia mais que tirar conclusões feias sobre as pessoas.

"Esquina da Tremont com a Broadway", ele diz ao entrar num táxi, colocando cuidadosamente a sacola de academia no banco de vinil.

O motorista é o contorno de uma cabeça falando sem se virar, com um sotaque do Oriente Médio.

"Tray-mond? Onde?"
"Tre-mont com a Broad-way, pode me deixar na esquina. Se você não sabe o caminho, pode parar que eu salto."
"Tray-mont. É perto de onde?"
"Praça In-man", ele diz em voz alta. "Vá por ali. Se você não achar, vou a pé e você não ganha dinheiro."
O motorista pisa no freio. Ele vira a cabeça, seu rosto escuro e seus olhos escuros têm um brilho furioso.
"Você não paga, você sai!"
"Está vendo isto?" Win tira a carteira, enfia o distintivo da Polícia Estadual de Massachusetts bem na cara do taxista. "Você quer multas para o resto da vida? Seu adesivo de inspeção expirou. Você percebeu? Uma das suas lanternas está queimada. Você tem noção disso? Só me leve até a Broadway. Será que você consegue achar a droga do City Hall Annex? De lá eu guio você."
Eles vão em silêncio. Win está sentado atrás, seus punhos fechados no colo porque acabou de jantar com Monique Lamont, que está concorrendo ao cargo de governadora e estranhamente espera que ele faça com que a imagem do governador Crawley, que pretende se reeleger, seja positiva, para que ela tenha uma imagem positiva, e ambos tenham uma imagem positiva enquanto concorrem um contra o outro. *Política. Jesus.* Como se algum deles realmente se importasse com uma velha senhora assassinada no meio do Tennessee. Seu rancor cresce a cada minuto enquanto permanece sentado no escuro e o taxista dirige, sem ter ideia de para onde está indo se Win não disser.
"Essa é a Tremont, vire à direita", Win finalmente diz, apontando. "Bem ali à esquerda. Certo, pode me deixar aqui."
Ele sente um aperto toda vez que vê o sobrado, suas paredes de madeira cobertas de hera e com a pintura descascada. Assim como a mulher que mora lá, a casa da família de Win só viu miséria nos últimos cinquenta anos. Ele sai do táxi e ouve o repique de sininhos de vento no quintal

escuro. Coloca o *latte* no teto do táxi, procura dinheiro num bolso, e joga uma nota amassada de dez dólares pela janela do motorista.

"Ei! São doze dólares!"

"Ei! Compre um GPS", ele diz enquanto os sininhos tocam sua música mágica, aérea, o táxi dá uma arrancada e o *latte* escorrega do teto e cai aberto na rua. O café com leite se espalha pela calçada escura, e os sinos tocam de leve como se estivessem alegres em vê-lo.

Agita-se o ar espesso e úmido, e doces repiques de sinos vêm das sombras e das árvores, das portas e janelas que ele não vê. Soam em toda parte, pois a avó dele acredita que os sinos têm que tocar o tempo todo para espantar maus espíritos, e ele nunca disse: *Ora, se isso funciona mesmo, então como você explica nossa vida?* Ele tira uma chave do bolso e destranca a porta da frente, abre com um empurrão.

"Nana? Sou eu", ele grita.

Dentro do hall estão as mesmas fotos de família, pinturas de Jesus e crucifixos apinhados na parede de gesso, todos empoeirados. Ele fecha a porta, tranca, põe as chaves numa velha mesa de carvalho para a qual olhou durante quase sua vida inteira.

"Nana?"

A TV está ligada na sala, o volume alto, sirenes berrando. Nana e seus programas policiais. O volume parece mais alto desde a última vez em que ele esteve lá, talvez porque tenha se acostumado com o silêncio. Ele sente certa ansiedade enquanto segue o barulho até a sala, onde nada mudou desde que era menino, tirando o fato de que Nana acumula cada vez mais cristais e pedras e estátuas de gatos e dragões e são Miguel Arcanjo e guirlandas mágicas e maços de ervas e incenso, centenas de coisas por toda parte.

"Oh!", ela exclama quando o barulho dele finalmente a tira de uma reprise de *Hill Street Blues*.

"Não quis assustar você." Ele sorri, vai até o sofá e beija a bochecha dela.

"Meu querido", ela diz, segurando as mãos dele.

Ele pega o controle remoto de uma mesa coberta com mais cristais e badulaques mágicos e pedras e o baralho de tarô dela. Desliga a TV e faz sua avaliação de sempre. Nana parece bem, seus olhos escuros estão alertas e brilhantes em seu rosto de traços fortes, um rosto liso demais para a idade dela, que já foi bonita, seus cabelos brancos e compridos presos no topo da cabeça. Ela está vestindo suas joias de prata de sempre, pulseiras praticamente até os cotovelos, anéis e colares, e o agasalho esportivo laranja da Universidade do Tennessee que ele mandou semanas atrás. Ela nunca deixa de vestir alguma coisa que ele deu quando sabe que vai vê-lo. E ela sempre sabe. Ele não precisa avisar.

"Seu alarme não estava ligado", ele diz, abrindo a sacola de academia e colocando sobre a mesa de centro potes de mel, molho barbecue e picles.

"Tenho meus sininhos, querido."

Agora lhe ocorre que deixou a garrafa de bourbon na chapelaria do clube. Ele não lembrou, e Lamont não percebeu que ele não estava com a sacola quando foram embora. *Faz sentido.*

"O que você trouxe para mim?", Nana pergunta.

"Eu não pago aquela grana toda à empresa de alarme para ter sininhos de vento. Produtos locais, feitos lá no Tennessee. Se você preferir uísque clandestino do Sul, trago da próxima vez", ele caçoa, acomodando-se numa poltrona gasta coberta com uma manta roxa de crochê que uma de suas clientes fez para ela alguns anos atrás.

Ela pega as cartas e diz: "Que história é essa de dinheiro?".

"Dinheiro?" Ele franze a testa. "Ora, não venha com suas bruxarias pra cima de mim, Nana."

"Alguma coisa a ver com dinheiro. Você estava fazendo alguma coisa relacionada a dinheiro."

Ele pensa em Monique "Lamoney".

"Aquela sua chefe, imagino." Ela lentamente procura no baralho, seu jeito de ter uma conversa, e coloca uma carta da lua a seu lado no sofá. "Fique de olho aberto com essa aí. Ilusões e loucura ou poesia e visões. É você que escolhe."

"Como você está? Tem comido alguma coisa além do que as pessoas trazem?"

As pessoas lhe dão comida como agradecimento pelas leituras de tarô, lhe dão todo tipo de coisa, o que têm condições de dar.

Ela coloca outra carta virada para cima no sofá, um homem de túnica segurando uma lamparina, e a chuva engrossou outra vez, parece o rufar de um tambor, galhos de árvore raspando no vidro da janela, os sininhos de vento num repique distante, frenético.

"O que ela queria com você?", pergunta Nana. "Era com ela que você estava agora à noite."

"Nada para se preocupar. A parte boa é que posso ver você."

"Ela esconde as coisas atrás de uma cortina, coisas muito perturbadoras, essa sacerdotisa na sua vida." Nana vira outra carta, em que se vê a imagem colorida de um homem pendurado numa árvore por um dos pés, com moedas caindo de seus bolsos.

"Nana." Ele suspira. "Ela é a promotora pública, uma política. Não é uma sacerdotisa e não considero que esteja *na minha vida.*"

"Oh, ela está na sua vida, está sim", diz Nana, olhando intensamente para ele. "Tem mais alguém. Estou vendo um homem de escarlate. Rá! Esse vai direto para o freezer!"

Nana cuida de pessoas destrutivas escrevendo seus nomes ou suas descrições em pedaços de papel e colocando-os no freezer. Os clientes pagam um bom dinheiro para ela confiar seus inimigos à sua velha Frigidaire, e, da última vez em que ele olhou, o freezer parecia o interior de um triturador de papel. O telefone de Win vibra e ele o tira do bolso do paletó, olha a tela, número bloqueado.

"Um minuto", ele diz se levantando, chegando perto da janela, a chuva fustigando o vidro.

"É Winston Garano?", um homem pergunta numa voz obviamente disfarçada, um sotaque falso muito ruim, quase britânico.

"Quem quer saber?"

"Acho que você vai querer tomar um café comigo, na praça Davis, no Diesel Café, onde todos os malucos e bichas se encontram. Fica aberto até tarde."

"Vamos começar com você me dizendo quem é."

Ele olha Nana passar mais cartas no baralho de tarô, colocá-las viradas para cima na mesa, pensativa e à vontade com elas, como se fossem velhas amigas.

"Não pelo telefone", diz o homem.

A velha senhora morta vem de súbito à mente de Win. Ele imagina seu rosto inchado, roxo e azul, os enormes coágulos escuros revelados por seu couro cabeludo, e os buracos abertos em seu crânio, pedaços de osso alojados no cérebro. Ele imagina seu pobre corpo brutalizado numa mesa fria de autópsia. Não sabe por que de repente está pensando nela, tenta afastar a imagem.

"Não tomo café com estranhos quando não me dizem quem são nem o que querem", diz ao telefone.

"O nome Vivian Finlay lhe diz alguma coisa? Tenho certeza de que você quer conversar comigo."

"Não vejo nenhum motivo para conversar com você", Win diz enquanto Nana continua sentada calmamente no sofá, percorrendo o baralho de cartas, virando outra, vermelha e branca com um pentáculo e uma espada.

"Meia-noite. Esteja lá." O homem encerra a ligação.

"Nana, preciso dar uma saída", Win diz guardando o telefone no bolso, hesitando junto à janela molhada de chuva, dominado por uma de suas sensações ruins, os sininhos batendo em desarranjo.

"Cuidado com esse aí", ela diz, pegando outra carta.

"Seu carro está funcionando?"

Às vezes ela se esquece de pôr gasolina, e nem mesmo a intervenção divina impede o motor de morrer.

"Estava da última vez em que usei. Quem é o homem de escarlate? Quando você descobrir isso, conte para mim. Preste atenção nos números."

"Que números?"

"Os que vão aparecer. Preste atenção."

"Deixe as portas trancadas, Nana", ele diz. "Vou ativar o alarme."

O Buick 1989, com sua capota de vinil descascada, adesivos de arco-íris e um apanhador de sonhos com miçangas pendurado no retrovisor, está estacionado atrás da casa sob o aro de basquete que range no poste desde que ele era menino. O motor resiste, mas finalmente pega, e ele vai de ré até a rua, porque não há espaço para manobrar. Os faróis refletem nos olhos de um cachorro perambulando na sarjeta.

"Ah, pelo amor de Deus", Win diz em voz alta enquanto para o carro e sai.

"Miss Dog, o que está fazendo aqui fora, garota?", ele diz à pobre cadela molhada. "Vem cá. Sou eu, vem aqui, vem, boazinha."

Miss Dog, meio beagle, meio pastor, meio surda, meio cega, um nome tão imbecil quanto a dona, avança devagar, cheira a mão de Win, se lembra dele, abana o rabo. Ele acaricia seus pelos molhados e sujos, recolhe a cadela do chão e a põe no banco da frente, massageando seu pescoço enquanto a leva de carro até uma casa malcuidada a dois quarteirões de distância. Win a carrega até a porta da frente, bate com força na porta durante um bom tempo.

Finalmente, a mulher lá dentro grita: "Quem é?".

"Peguei a Miss Dog outra vez!", Win grita de volta.

A porta se abre, a mulher feia e gorda do outro lado veste um roupão cor-de-rosa disforme, não tem os dentes de baixo, fede a cigarro. Ela acende a luz da entrada, pisca sob o clarão, olha o Buick parado na rua atrás dele, nunca parece se lembrar do carro nem dele. Win põe Miss Dog no chão com cuidado e ela dispara correndo para dentro da casa, foge da molengona ingrata o mais rápido que pode.

"Eu já disse, ela vai ser atropelada", avisa Win. "Qual é o seu problema? Quantas vezes eu tive que trazer ela para casa porque estava andando na rua?"

"O que é que eu vou fazer? Eu deixo ela sair pra fazer cocô, ela não volta. Hoje à noite ele veio, deixou a porta aberta, não que ele devesse vir aqui. A culpa é dele. Ele chuta ela, é malvado que nem uma cobra, deixa a porta aberta de propósito pra ela sair, porque, se essa cachorra imbecil morrer, Suzy vai ficar arrasada."

"Ele quem?"

"Meu maldito genro, que a polícia vive prendendo."

Win acha que talvez saiba de quem ela está falando, já o viu na área, dirige uma picape branca.

"E você o deixa entrar aqui?", Win lhe pergunta num tom severo.

"Tente impedir. Ele não tem medo de ninguém, não mesmo. Não sou eu que tenho ordem de restrição."

"Você chamou a polícia quando ele apareceu?"

"Não adianta."

Pela porta aberta, Win vê Miss Dog agachada no chão, escondida embaixo de uma cadeira.

"Que tal eu comprar ela de você?", diz Win.

"Não tem dinheiro que pague", a mulher retruca. "Eu amo essa cachorra."

"Dou cinquenta dólares."

"O amor não tem preço", ela vacila.

"Sessenta", ele diz, e é todo o dinheiro que tem, seu talão de cheques ficou em Knoxville.

"Não, senhor", a mulher pensa bem a respeito, "meu amor por ela vale muito mais que isso."

4

Dois garotos da Universidade Tufts, de cabelo verde e tatuagem, jogam bilhar perto da mesa de Win. Ele os observa com desdém.

Win pode não ser de família rica, não ter tirado a nota necessária nos testes para entrar na universidade nem ter composto uma sinfonia ou construído um robô, mas, pelo menos, quando se candidatou às escolas de seus sonhos teve respeito o bastante para comprar um terno cáqui (em liquidação) e sapatos novos (também em liquidação) e cortar o cabelo (ele tinha um cupom de cinco dólares), caso fosse convidado pelo decano de admissões para passear pelo campus e falar sobre o que ele queria na vida, que era tornar-se acadêmico e poeta como seu pai, ou talvez advogado. Win nunca foi chamado para passear no campus nem para uma entrevista. Só recebeu cartas padronizadas informando que infelizmente...

Ele observa tudo e todos dentro do Diesel Café, à procura de um homem que deve encontrar por causa de um homicídio que aconteceu vinte anos atrás no Tennessee. É quase meia-noite, ainda está chovendo, e Win está sentado numa mesa pequena, tomando um cappuccino, vendo estudantes desgrenhados com seus cabelos horríveis, suas roupas mulambentas, seus cafés e laptops. Olha para a porta da frente, ficando mais irritado a cada instante. À meia-noite e quinze, ele se levanta da mesa já nervoso enquanto um moleque sardento, se achando Einstein, bate desajeitado em uma bola de bilhar, falando alto e rápido com a namorada, ambos alheios a tudo, autocentrados, pirando por alguma droga, talvez efedrina.

"Não, não existe", a menina diz. "Não existe a palavra *sodomítico*."

"*O relato de Dorian Gray* foi chamado de livro sodomítico." *Clack*. "Em algumas das resenhas da época." Uma bola listrada rola para dentro da caçapa.

"É *retrato* de Dorian Gray, não *relato*, seu gênio", Win diz ao moleque pedante, de piercing, que agora gira o taco de bilhar como se fosse um bastão. "E foi chamado de livro sodomítico durante o julgamento de Oscar Wilde, não em resenhas."

"Tanto faz."

Win está indo embora quando ouve *mulato bicha*.

Ele volta, arranca o taco de bilhar das mãos do moleque, diz: "Minha vez de jogar". Quebra o taco ao meio no joelho. "Então. Você disse alguma coisa?"

"Eu não disse nada!", exclama o moleque, arregalando os olhos vidrados.

Win joga as duas metades do taco em cima da mesa, sai andando, ignora a menina que olha fixamente para ele desde que chegou. Ela está injetando vapor numa grande xícara de café e diz "com licença" quando ele está prestes a abrir a porta. "Senhor?", ela grita por sobre o barulho da máquina de café expresso.

Ele anda até o balcão e diz: "Não se preocupe. Vou pagar o estrago". E tira umas poucas notas da carteira.

Ela não parece interessada no vandalismo do equipamento de bilhar e diz: "Você é o detetive Jerônimo?".

"Quem falou esse nome para você?"

"Imagino que isso seja um sim", ela responde, procurando algo embaixo do balcão, tirando um envelope, entregando para ele. "Veio um sujeito mais cedo, pediu que eu desse isto quando você estivesse indo embora."

"Mais cedo quando?" Ele coloca o envelope num bolso, espreitando para verificar se alguém observava.

"Acho que há umas duas horas."

Então o homem de sotaque falso ligou para Win *depois* que a carta foi deixada aqui, e nunca pretendeu encontrá-lo.

"Como ele era?", pergunta.

"Normal, meio velho. Tinha óculos escuros, um sobretudo grande. E um cachecol."

"Um cachecol nesta época do ano?"

"Brilhante, de seda. Tipo um vermelho forte."

"É claro." Um homem de escarlate, bem como Nana lhe dissera.

Win sai na chuva, e a umidade da noite faz com que se sinta pegajoso e murcho. O carro de sua avó é um trambolho escuro na rua Summer, em frente ao Rosebud Diner, e ele anda pela calçada molhada, olhando ao redor, se perguntando se o homem de escarlate está por perto espiando. Então destranca o carro, abre o porta-luvas, encontra uma lanterna e uma pilha de guardanapos do Dunkin' Donuts, enrola vários deles nas mãos, e rasga o envelope com uma das chaves penduradas no volante. Tira uma folha dobrada de papel pautado, lê o que está escrito em tinta preta.

É você que está EM RISCO, mestiço.

Ele digita o número da casa de Lamont e ela não atende. Ele tenta o celular. Ela não atende. Não deixa mensagem, muda de ideia e tenta de novo. Desta vez ela atende.

"Alô?" A voz dela não tem a energia de costume.

"Faça o favor de me dizer o que está acontecendo!" Ele dá partida no motor.

"Não precisa ficar bravo comigo", ela diz de um modo estranho, parece cansada, tem algo de errado com ela.

"Algum maluco com sotaque falso me ligou agora há pouco sobre o caso Finlay. Que coincidência! O cara deu um jeito de arranjar o número do meu celular, outra coincidência incrível, e por coincidência disse que ia me encontrar e não apareceu, só deixou uma ameaça por escrito. Com quem diabos você andou falando? Você mandou um release para a imprensa ou algo assim?"

"Hoje de manhã", ela responde, e uma voz masculina abafada no fundo diz algo que Win não consegue entender.

"Hoje de manhã? Antes mesmo de eu chegar à cidade! E você não podia se dar ao trabalho de me contar?", ele pergunta.

"Está bem", vem o *non sequitur* dela.

"Não, não está bem!"

A pessoa com quem Lamont está — um homem, quase à uma da manhã — diz algo e ela encerra a ligação de repente. Win fica sentado no escuro dentro do velho Buick de sua avó, olhando para a folha de papel pautado em suas mãos cobertas de guardanapos. Seu coração bate tão forte que ele consegue senti-lo no pescoço. Lamont alertou a mídia sobre o caso que agora deveria ser dele, sem pedir sua permissão ou mesmo se dar ao trabalho de lhe contar. Ela pode pegar essa merda de Em Risco e enfiar onde quiser.

Eu me demito.

Vamos ver o que ela faz quando ele disser isso.

Eu me demito!

Ele não faz ideia de onde procurá-la. Não atendeu o telefone de casa, só o celular. Então provavelmente não está em casa. Bem, é difícil dizer. De todo modo, ele decide passar em frente à casa dela em Cambridge. Caso esteja lá. Que se dane se tiver alguém com ela, e ele tenta imaginar com quem Lamont dorme, se ela é uma dessas mulheres alfa que não gostam de sexo, ou o contrário. Talvez ela seja uma piranha, daquelas que devoram os amantes até o osso.

Ele sai arrancando, dá uma rabeada — maldita tração traseira —, derrapa na calçada escorregadia, e os limpadores de para-brisa se arrastam pelo vidro fazendo um barulho alto que o deixa louco, porque ele já está se sentindo louco, como se estivesse no meio de alguma coisa louca onde foi louco de se meter, droga. Ele devia ter se recusado a voltar de avião, devia ter ficado no Tennessee.

É tarde para ligar para Sykes. É falta de educação. Ele sempre faz isso com ela e ela sempre deixa. Ela não vai se importar, então ele digita o número dela, lembrando que é terça, e geralmente nas noites de terça, a esta hora da noite, os dois estão vestidos como riquinhos, ouvindo jazz no Forty-Six-Twenty, bebendo martínis com frutas e conversando.

"Ei, bonitona", Win diz. "Não me mate."

"Bem na única hora em que eu estava mesmo dormindo", diz Sykes, agente do Escritório de Investigação do Tennessee, que sofre de insônia, seus hormônios estão terríveis nos últimos dias.

Ela fica sentada na cama, não se dá ao trabalho de acender o abajur. Nas últimas seis semanas passou bastante tempo falando com Win ao telefone sozinha na cama, no escuro, se perguntando como seria falar com ele na cama, no escuro, pessoalmente. Ela tenta ouvir sua colega de quarto atrás da parede, não quer acordá-la. O engraçado é que, quando Sykes levou Win de carro até o aeroporto de Knoxville, lhe disse: *Bem, finalmente nossos colegas de quarto vão conseguir dormir a noite inteira*. Desde que ela e Win começaram o treinamento na Academia Forense Nacional, eles conversaram por noites e noites, e, como os apartamentos de estudantes não têm paredes grossas, são os colegas de quarto que acabam se dando mal.

"Acho que você está com saudade de mim", diz Sykes brincando mas torcendo para que seja verdade.

"Preciso que você faça uma coisa", Win diz.

"Você está bem?" Ela liga o abajur.

"Estou."

"Você não parece bem. O que está acontecendo?" Ela sai da cama, se olha no espelho da penteadeira.

"Ouça. Uma velha senhora foi morta em Knoxville vinte anos atrás, Vivian Finlay. Em Sequoyah Hills."

"Primeiro me diga por que o interesse repentino."

"Alguma coisa muito bizarra está acontecendo. Você estava no Tennessee naquela época. Talvez se lembre do caso."

Sykes estava mesmo no Tennessee, mais um lembrete de sua idade, e ela se olha no espelho, os cabelos loiros prateados completamente revoltos, como *Amadeus*, segundo Win descreveu uma vez. *Se é que você viu o filme*, ele disse. Ela não tinha visto.

"Lembro vagamente do caso", ela diz. "Viúva rica, alguém invadiu a casa. Incrível isso acontecer em Sequoyah Hills em plena luz do dia."

O espelho é especialmente cruel àquela hora. Seus olhos estão inchados. Cerveja demais. Ela não sabe por que Win gosta tanto dela, por que não parece vê-la como ela se vê, talvez ele a veja como ela era antes, vinte anos atrás, quando tinha pele macia e grandes olhos azuis, uma bunda redonda, durinha, e peitos empinados, um corpo que venceu a gravidade até ela fazer quarenta e a gravidade revidar.

"Preciso do arquivo original da polícia", ele está dizendo ao telefone.

"Por acaso você tem o número do caso?", Sykes pergunta.

"Só o número de caso da autópsia. Só tenho impressões de microfilme, não tenho fotos da cena, não tenho nada. Preciso arranjar esse arquivo, se é que dá para encontrá-lo no Triângulo das Bermudas que é o depósito. Sabe, o velho necrotério mudou de endereço. Ou pelo menos Lamont disse que mudou. Estou pressupondo que ela esteja certa."

Ela de novo. "Sim, ele mudou de endereço. Está bem, uma coisa por vez", diz, estressada, irritada. "Primeiro, você quer o arquivo da polícia."

"Preciso dele, Sykes."

"Então vou tentar localizá-lo para você amanhã cedinho."

"Não posso esperar. Me passe por e-mail o que você conseguir arranjar agora."

"E quem você acha que vai me ajudar a esta hora?" Ela já está abrindo a porta do armário, tirando do cabide uma calça cargo azul.

"A Academia", diz Win. "Ligue para o Tom, tire ele da cama."

Ele vai depressa em direção ao hospital Mount Auburn, vira na rua Brattle, rumo à casa de Monique Lamont, para estragar o resto da noite dela.

Eu me demito.

Quem sabe ele entre para o TBI, para o FBI, para o PSI — *para sua informação, Monique, ninguém me manipula desse jeito.*

Eu me demito.

Então por que você está mandando Sykes numa missão no meio da noite?, é a pergunta que outra parte do seu cérebro faz. Um mero detalhe técnico. Só porque ele está deixando Lamont não quer dizer que vai deixar o caso Vivian Finlay. Agora é pessoal. Um homem de escarlate mexe com ele, o insulta, e vira uma questão pessoal. Win passa por um cruzamento, mal reduz a velocidade na placa de Pare, vira à esquerda perto do corpo de bombeiros, pega a rua estreita onde Lamont mora num terreno de um acre, numa casa do século XIX, cor de ameixa clara, estilo Queen Anne, chamativa, complexa e imponente como a dona. O terreno está apinhado de extremosas, carvalhos e bétulas, seus contornos escuros balançam ao vento, e a água pinga de galhos e folhas.

Ele estaciona na frente, desliga os faróis e o motor. A luz da entrada não está acesa, nenhuma luz está acesa na casa inteira, há apenas uma janela iluminada, no primeiro andar à esquerda da porta da frente, e ele tem uma sensação ruim. O Range Rover dela está parado na entrada, e a sensação fica mais forte. Se ela não está em casa, alguém veio buscá-la. Ora, grande coisa. Ela pode ter quem quiser, então o acompanhante de hoje veio buscá-la, quem sabe a levou até a casa dele, grande coisa, porém a sensação persiste. Se o cara de hoje está dentro da casa com ela, onde está o carro dele? Win tenta o número da casa e cai na caixa postal. Tenta o celular e ela não atende. Ele tenta uma segunda vez. Lamont não atende.

Um homem de cachecol vermelho está mandando Win numa missão sem sentido, fazendo-o de idiota, ameaçando, provocando. *Quem?* Win se preocupa com o que vai aparecer no noticiário. Talvez o release idiota que Lamont mandou à imprensa esteja percorrendo o ciberespaço, se alastrando pela internet. Talvez tenha sido assim que o homem de cachecol vermelho descobriu sobre a operação Em Risco, sobre Win, mas não faz sentido. Até onde ele sabe, Vivian Finlay não era de New England, então por que algum homem de lá está interessado no caso dela a ponto de ligar para Win, marcar um encontro falso e ameaçá-lo?

Ele continua olhando fixamente para a casa de Lamont, para o terreno abarrotado de árvores, para os dois lados da rua — sem saber o que está procurando. Qualquer coisa. Pega a lanterna e sai do carro pré-histórico da avó, mantendo a guarda, escutando. Sente que tem alguma coisa errada, mais do que errada. Quem sabe só esteja abalado, esperando que haja alguma coisa errada, ficando apavorado como quando era menino e começava a imaginar monstros, pessoas ruins, coisas ruins, morte, tendo premonições, porque *está no sangue dele*, como Nana afirmou tantas vezes. Ele não tem arma. Segue o caminho de tijolos até a entrada, sobe os degraus, olhando, escutando, decidindo que é por causa de Lamont que está receoso.

Ela não vai reagir bem. Se estiver acompanhada, vai mandar cortar a cabeça de Win. Ele toca a campainha, olha para cima no mesmo instante em que uma sombra passa em frente à janela acesa, de cortinas fechadas, logo acima. Olha para o alto, à espera. Ilumina com a lanterna a caixa de correio de latão à esquerda da porta da frente, levanta a tampa. Ela não pegou a correspondência quando entrou, e ele lembra o que ela disse sobre uma caixa de chaves. Ele não vê nada parecido.

A água pinga das folhas em gotas grandes e frias, e bate no topo de sua cabeça enquanto ele segue até os fundos da casa, onde a vegetação é densa e está muito escuro, onde ele encontra a caixa de chaves aberta, a chave ainda na fechadura, a porta entreaberta. Win hesita, olha ao redor, ouvindo a água pingar, iluminando as árvores, os arbustos, direcionando o facho de luz para alguma coisa vermelho-escura entre duas árvores, um galão de gasolina com trapos em cima, molhados pela chuva, porém limpos. Sua pulsação aumenta, começa a acelerar conforme ele entra em silêncio na cozinha, ouve a voz de Lamont, depois uma voz de homem, uma voz brava de homem, no primeiro andar, no quarto cuja luz está acesa, acima da porta da frente.

Ele sobe depressa a escada de madeira que range, três degraus por vez, atravessa um corredor que range. Por uma porta aberta vê Lamont na cama, nua, amarrada às colunas da cabeceira, um homem de jeans e camiseta, sentado na beira do colchão, alisa seu corpo com um revólver.

"Diga *Eu sou uma puta.*"

"Eu sou uma puta", ela repete com voz trêmula. "Por favor, não faça isso."

À esquerda da cama está a janela, as cortinas fechadas. As roupas dela estão espalhadas no chão, o mesmo terno que estava vestindo horas mais cedo no jantar.

"*Eu sou só uma puta imunda.* Diga!"

No teto há um grande lustre de vidro com flores pintadas — azuis, vermelhas, verdes. Win arremessa a lanterna e acerta o lustre, que se estilhaça e balança, e o homem pula para fora da cama, vira de costas, Win o agarra pelo pulso, lutando para tirar o revólver da mão dele, o hálito do homem em seu rosto, fedendo a alho, a arma dispara no teto, o tiro passa perto da cabeça de Win.

"Solte! Solte!"

A voz soa abafada e distante em seus ouvidos, que

zunem enquanto ele luta com o homem, e o revólver dispara outra vez, e outra, e a mão do homem de repente enfraquece. Win segura a arma, empurra o homem com força e ele desaba no chão, o sangue brotando de sua cabeça, formando uma poça no piso de madeira, em silêncio no chão junto à cama, sangrando, sem se mexer, um rapaz de aparência hispânica, talvez com menos de vinte anos.

Win cobre Lamont com um edredom, liberta-a dos fios elétricos que a amarram às colunas da cama enquanto diz várias vezes: "Está tudo bem. Agora você está em segurança. Está tudo bem". Ele digita 911 no celular e ela fica sentada, puxando o edredom ao redor de si, ofegante, um tremor intenso, olhos alucinados.

"Oh, meu Deus", ela diz. "Oh, meu Deus!", ela grita.

"Está bem, está bem, você está segura agora", ele diz, postado ao seu lado, olhando ao redor, vendo o homem no chão, sangue e cacos sangrentos de vidro colorido por toda parte.

"Ele é o único?", Win grita para Lamont enquanto seu coração bate forte e seus olhos percorrem o quarto, seus ouvidos zunindo, a pistola pronta. "Tem mais alguém?", ele grita.

Ela faz que não com a cabeça, respirando em golpes rápidos e curtos, o rosto pálido, os olhos vidrados, prestes a desmaiar.

"Respire fundo, devagar, Monique." Win tira o paletó, coloca-o nas mãos dela, ajuda Lamont a segurar o paletó junto ao rosto. "Está tudo bem. Respire aqui dentro como se fosse um saco de papel. Isso, assim. Bom. Bem fundo, devagar. Ninguém vai machucar você agora."

5

Monique Lamont está vestindo uma camisola hospitalar dentro de uma sala de exame no hospital Mount Auburn, a poucos quarteirões de onde mora.

É uma sala comum, branca, com um divã clínico, do tipo com estribos, e um balcão, uma pia, um armário com suprimentos médicos, cotonetes e espéculos, uma luminária cirúrgica. Momentos antes, uma enfermeira forense esteve a sós na sala com Lamont, examinando os orifícios da poderosa promotora pública e outras áreas muito íntimas de seu corpo, coletando com o cotonete possíveis amostras de saliva e fluido seminal, arrancando pelos, pegando resíduos de unhas, procurando ferimentos, tirando fotos, coletando tudo o que possa servir como prova. Lamont está aguentando muito bem, talvez bizarramente bem, fazendo o papel de si mesma trabalhando em seu próprio caso.

Ela está sentada numa cadeira branca de plástico junto à mesa coberta de papel branco, Win num banquinho diante dela, outro investigador da Polícia Estadual de Massachusetts, Sammy, parado perto da porta fechada. Ela teve a opção de ser entrevistada num ambiente mais civilizado, em sua casa, por exemplo, porém recusou, com a observação clínica um tanto assustadora de que era melhor compartimentalizar, manter as conversas e atividades nos espaços confinados a que elas pertencem. Traduzindo: Win tem sérias dúvidas de que Lamont voltará a dormir em seu quarto. Não vai ser surpresa se vender a casa.

"O que sabemos sobre ele?", ela pergunta outra vez, a

promotora que parece indiferente ao que acaba de acontecer.

O homem que a atacou está em estado crítico. Win toma cuidado com o que conta a ela. No mínimo, é uma situação bastante inusitada. Lamont está acostumada a pedir o que quer à Polícia Estadual, e a que não haja segredos para ela. Ela é a promotora pública, está no comando, foi programada para pedir detalhes e obtê-los.

"Senhorita Lamont", Sammy diz num tom de respeito, "como você sabe, ele estava armado e Win fez o que precisou fazer. As coisas acontecem."

Mas não é isso que ela está perguntando. Lamont olha para Win, consegue encará-lo extraordinariamente bem, considerando que há apenas algumas horas ele a viu nua, amarrada à cama.

"O que você sabe sobre ele." Ela diz não como uma pergunta, e sim como uma ordem.

"Só isto", diz Win. "Sua procuradoria o processou no tribunal de menores, cerca de dois meses atrás."

"Pelo quê?"

"Porte de maconha, crack. O juiz Lane Coração-Mole mandou ele embora com uma reprimenda."

"Com certeza não fui eu que cuidei do caso. Eu nunca o vi antes. Que mais?"

"Veja só", diz Win. "Que tal deixar que façamos nosso trabalho primeiro, depois eu conto tudo o que puder."

"Não", ela diz. "Não vai ser o que você puder. Vai ser o que eu pedir."

"Mas por enquanto...", Win começa a dizer.

"Informações", ela exige.

"Tenho uma pergunta." É Sammy quem diz isso em seu posto afastado, perto da parede. "Sobre como você chegou em casa ontem à noite."

Seu rosto avermelhado está sombrio, alguma coisa em seus olhos. Talvez constrangimento. Talvez falar com a promotora pública depois de ela ter passado por uma coisa dessas faça dele um *voyeur*, de algum modo. Lamont o ignora, ignora sua pergunta.

"Eu jantei com você", ela diz a Win. "Entrei no meu carro e voltei para o escritório para terminar umas coisas, então fui direto para casa. Estava sem minhas chaves, por isso fui até os fundos da casa, digitei o código na caixa de chaves, tirei a chave reserva, e estava destrancando a porta dos fundos quando de repente uma mão cobriu minha boca e alguém que eu não enxergava disse: *Um pio e você morre.* Ele me empurrou para dentro da casa."

Lamont relata bem os fatos. O agressor, agora identificado como Roger Baptista, de East Cambridge, um endereço próximo ao prédio do tribunal onde Lamont trabalha, a obrigou a subir até o quarto, começou a arrancar fios de abajures, do radiorrelógio. Então o telefone fixo tocou. Ela não atendeu. Então o celular tocou. Ela não atendeu.

Era Win ligando para ela.

O celular tocou outra vez e ela pensou rápido, disse que era o namorado dela, que ele devia estar preocupado, talvez aparecesse, por isso Baptista disse para atender o telefone, mas se tentasse alguma coisa ele ia estourar os miolos dela e depois matar o namorado, matar todo mundo, e ela atendeu. Teve aquela breve e estranha conversa com Win. Lamont diz que desligou o telefone e Baptista a obrigou a se despir e a amarrou à cama. Ele a estuprou. Então vestiu de novo a calça.

"Por que você não resistiu?", Sammy pergunta do jeito mais delicado possível.

"Ele estava armado." Ela olha para Win. "Eu não tinha dúvida de que ele usaria a arma se eu resistisse, provavelmente usaria de qualquer modo. Quando terminasse o que queria comigo. Eu fiz o que pude para controlar a situação."

"Como assim?", pergunta Win.

Ela hesita, seus olhos desviam-se dos dele. "Eu disse para ele fazer o que queria, agi como se não estivesse com medo. Nem nojo. Fiz o que ele queria. Disse o que ele mandou dizer." Ela hesita. "Fui tão calma e cooperativa quanto consegui naquelas circunstâncias. Eu... é... disse que ele não precisava me amarrar, eu... bem... já cuidei de casos assim várias vezes, eu entendia, sabia que ele tinha os motivos dele. Eu... bem... eu..."

A pequena sala ecoa com o silêncio que se segue, e é a primeira vez que Win vê o rosto de Lamont ficar vermelho. Ele suspeita que sabe exatamente o que ela fez para enrolar Baptista, para acalmá-lo, comunicar-se com ele na remota esperança de que ele a deixaria viva.

"Talvez você tenha agido como se estivesse um pouco a fim", Sammy sugere. "Ora, as mulheres fazem isso direto, fazem o estuprador pensar que está tudo bem, que eles são bons de cama, fingem um orgasmo e até pedem pro cara voltar outra hora como se fosse um encontro ou..."

"Saia!", Lamont lhe diz furiosa, apontando o dedo. "Saia daqui!"

"Só estou..."

"Você não ouviu o que eu disse?"

Ele sai do quarto, deixa Win sozinho com ela, o que ele não acha muito bom. Considerando o fato de ter deixado o agressor dela gravemente ferido, seria preferível e prudente entrevistá-la com pelo menos uma testemunha presente.

"Quem é esse merdinha?", Lamont pergunta. "Quem? E você acha que é coincidência ele decidir aparecer em casa na mesma noite em que minhas chaves sumiram por mistério? Quem é ele?"

"Roger Baptista..."

"Não é isso que estou perguntando."

"Quando foi a última vez que você viu as chaves?", Win diz. "Você trancou a casa com elas quando saiu para o trabalho hoje de manhã? Quer dizer, ontem de manhã."

"Não."

"Não?"

Ela fica em silêncio por um instante, então diz: "Eu não voltei para casa aquela noite".

"Onde você estava?"

"Fiquei na casa de um amigo. Saí de lá para o trabalho

de manhã. Depois do trabalho eu jantei com você, passei no escritório. Essa é a cronologia."

"Você se importa em me dizer com quem passou a noite?"

"Sim, me importo."

"Só estou tentando..."

"Não fui eu que cometi um crime." Ela o encara com frieza.

"Monique, estou supondo que seu alarme estava ligado quando você destrancou a porta com a chave reserva", diz Win. "Baptista cobre sua boca com a mão quando você está destrancando a porta. E o alarme, depois disso?"

"Ele disse que ia me matar se eu não desativasse."

"Não tem um código do pânico que avisa a polícia em silêncio?"

"Ah, pelo amor de Deus. E você ia pensar nisso se fosse com você? Quero ver que precauções de segurança você toma quando alguém está com uma arma encostada na sua nuca."

"Você sabe alguma coisa sobre um galão de gasolina e uns trapos encontrados perto da porta dos fundos, nos arbustos?"

"Você e eu precisamos ter uma conversa muito importante", ela diz a ele.

Sykes dirige seu carro particular, um Volkswagen Rabbit 1979, azul. Atravessa a Cidade Velha, como é chamado o centro histórico de Knoxville.

Ela passa pela Barley's Taproom & Pizzeria, pelo Tonic Grill, deserto e escuro, depois por um terreno em obras que foi embargado outro dia quando uma escavadeira desenterrou ossos de vaca, num local que fora um matadouro e estábulo muitos anos atrás. O nervosismo dela aumenta conforme se aproxima do lugar aonde está indo. Ela espera que a insistência de Win para localizar os registros do caso Vivian Finlay *imediatamente* seja mesmo urgente o bastante para justificar o fato de ter acordado o diretor da Academia, o chefe do Departamento de Polícia de Knoxville, e diversas outras pessoas do Departamento de Investigação Criminal, que não conseguiram encontrar o caso, apenas o número de acesso, KPD893-85.

Por último, e o mais desagradável de tudo, Sykes acordou a viúva do ex-detetive Jimmy Barber, que parecia bêbada, e perguntou o que seu falecido marido podia ter feito com seus velhos arquivos, papelada, lembranças etc., quando se aposentou e desocupou sua sala na sede do departamento.

Esse lixo todo está no porão. O que vocês acham que ele está escondendo lá embaixo, Jimmy Hoffla? O maldito código Da Vinci?

Sinto muito incomodar a senhora. Mas estamos tentando localizar uns arquivos antigos, ela disse com cuidado, lembrando que Win deixou claro que alguma coisa estranha estava acontecendo.

Não sei que bicho mordeu vocês, reclamou a sra. Barber pelo telefone, xingando, resmungando, irritada. *São três horas da manhã, droga!*

No que os habitantes locais chamam de Shortwest Knoxville, a cidade começa a ficar mais esparsa, desintegrando-se em conjuntos habitacionais antes de melhorar um pouco, não muito, uns três quilômetros a oeste do centro. Sykes estaciona em frente a um pequeno rancho, paredes com revestimento de vinil, quintal bagunçado, a única casa com contêineres de lixo parados perto da rua porque, pelo jeito, a sra. Barber é preguiçosa demais para trazê-los de volta para a casa. Há muito pouca iluminação de rua, e um monte de velhos carros cafonas turbinados — Cadillacs, um Lincoln pintado de roxo, um Corvette com aquelas calotas giratórias idiotas. Os calhambeques de marginais, traficantes, crianças sem rumo. Sykes pensa na pistola Glock calibre 40 no coldre embaixo do casaco. Ela segue a calçada e toca a campainha.

A luz da entrada pisca por um instante e acende.

"Quem é?", resmunga uma voz do outro lado da porta.
"Agente Sykes, Escritório de Investigação do Tennessee."
Ouve-se o ruído de uma correntinha e de uma fechadura pesada sendo destrancada. A porta abre e uma mulher de aspecto grosseiro com cabelos tingidos de loiro e borrões de maquiagem sob os olhos dá um passo para o lado para Sykes entrar.
"Senhora Barber", diz Sykes com educação. "Aprecio muito..."
"Não entendo por que toda essa confusão, mas vá em frente." Seu roupão foi abotoado torto, os olhos estão vermelhos, ela cheira a bebida. "O porão é ali", indica com um aceno de cabeça, se atrapalha para trancar a porta, tem uma voz muito alta e um sotaque forte do interior. "Pode xeretar as tranqueiras dele quanto quiser. Por mim, pode pôr tudo num caminhão e levar essa tralha embora."
"Não vou precisar pôr num caminhão", diz Sykes. "Só preciso dar uma olhada em uns arquivos que ele talvez tenha guardado na sala dele uma época."
"Vou voltar pra cama", diz a sra. Barber.

Lamont parece ter esquecido onde está.
Win chega a cogitar que ela esteja delirando, achando que está em seu espaçoso escritório rodeada por sua vasta coleção de vidro, talvez vestindo um de seus ternos caros de grife, sentada à grande mesa de vidro, e não usando uma camisola de hospital, sentada numa cadeira de plástico, dentro de uma sala de exame. Ela age como se ela e Win estivessem fazendo as coisas de sempre, trabalhando num caso importante, um caso difícil propenso a muitas complicações e repercussão na imprensa.
"Não sei se você está prestando atenção no que estou dizendo", ela fala para Win quando alguém bate na porta fechada.
"Só um instante." Ele se levanta para atender.

É Sammy, que enfia a cabeça pela porta e diz em voz baixa: "Desculpe".

Win sai para o corredor, fecha a porta. Sammy lhe entrega a edição do dia do caderno local do *Boston Globe*. A manchete no topo da primeira página é grande e chamativa.

> QUALQUER CRIME. ONTEM, HOJE OU AMANHÃ
> PROMOTORA PÚBLICA USA CIÊNCIA DA ERA ESPACIAL PARA
> SOLUCIONAR HOMICÍDIO DO PASSADO

"Quatro coisas que você devia saber", diz Sammy. "Primeiro, seu nome aparece várias vezes nisto, um maldito mapa mostrando como você supostamente vai resolver o caso do governador. Mais precisamente, o caso *dela*" — ele olha para a porta fechada —, "já que ele delegou o caso para ela. Boa sorte se o assassino ainda estiver por aí e ler esta porcaria. Em segundo lugar, bem, a segunda coisa com certeza não é boa."

"O quê?"

"Baptista morreu agora há pouco. Para dizer o óbvio, agora não vamos poder falar com ele. Terceiro, eu revistei as roupas dele, encontrei mil dólares em notas de cem, no bolso de trás da calça."

"Soltas, dobradas, como?"

"Um envelope branco, sem nada escrito. Notas parecendo novas, frescas. Não estavam dobradas. Liguei para a casa do Huber. O laboratório vai processar as notas agora mesmo, procurar digitais."

"Qual é a quarta coisa?"

"A mídia descobriu sobre..." Ele acena outra vez com a cabeça na direção da porta fechada. "Tem uns três furgões de TV e uma multidão de repórteres lá fora, no estacionamento, e ainda nem amanheceu."

Win volta para dentro da sala de exame, fecha a porta.

Lamont está sentada na mesma cadeira de plástico. Ocorre a ele que ela não tem nada para vestir a não ser o agasalho esportivo que pôs antes de ele trazê-la para o hospital. Depois da agressão, ela não podia tomar banho, ele não precisou instruí-la, ela conhece o esquema. Ela ainda não tomou banho, e não é um assunto que ele consiga abordar sem constrangimento.

"A imprensa descobriu", ele diz, sentando-se outra vez no banquinho. "Preciso tirar você daqui sem que eles armem uma emboscada. Você deve saber que não pode voltar para casa agora."

"Ele ia queimar a casa", ela afirma.

O galão de gasolina estava cheio. Com certeza não foi o jardineiro que o deixou ali.

"Ele ia me matar e incendiar minha casa." Uma voz estável, firme, a promotora pública trabalhando no caso como se estivesse falando sobre alguma outra vítima. "Por quê? Para fazer minha morte parecer um acidente. Fazer parecer que eu morri num incêndio na minha casa. Ele não é principiante."

"Depende se foi ideia dele", diz Win. "Ou se alguém lhe deu instruções. De qualquer modo, disfarçar um homicídio com fogo não é muito seguro. Muito provavelmente, a autópsia revelaria lesão do tecido mole, a bala, e possíveis lesões na cartilagem, nos ossos. Os corpos não queimam por inteiro em incêndios domésticos. Você sabe disso."

Ele pensa no dinheiro no bolso de Baptista, algo lhe diz que não é uma boa ideia dar esse detalhe a Lamont por enquanto.

"Preciso que você fique aqui", ela diz, agarrando com força o cobertor que segura ao redor de si. "Esqueça a mulher no Tennessee, a fulana. Precisamos descobrir quem está por trás disto. Não só algum merdinha zé-ninguém... talvez outra pessoa que encomendou o serviço."

"Huber já está mobilizando os laboratórios..."

"Como ele ficou sabendo?", ela dispara. "Eu não contei..." Ela para no meio da frase, com os olhos arregalados. "Ele não vai se safar disto", e está falando sobre Baptista

de novo. "Este caso não vai ser... Quero que você se encarregue. Vamos enterrar esse sujeito."
Ele resiste à piada óbvia, e apenas diz: "Monique, ele morreu".
Ela não se abala.
"Com justificativa ou não, com embate físico ou não, eu o matei. Foi um tiro legítimo. Mas você sabe o que acontece. Sua procuradoria não pode investigar sozinha; vai ter que transferir o caso para outra procuradoria ou chamar a Unidade de Homicídios de Boston. Para não falar do Departamento de Assuntos Internos. Para não falar da autópsia e de todos os outros testes já inventados. Eu vou ficar afastado das ruas por um tempo.
"Quero você cuidando disto agora mesmo."
"Nem mesmo um dia para minha saúde mental? Que bom."
"Vá beber umas cervejas com a unidade de apoio psicológico. Não quero ouvir falar sobre sua saúde mental." O rosto dela está pálido agora, seus olhos são buracos escuros de ódio, como se fosse ele quem a tivesse agredido. "Se eu não vou tirar um dia de saúde mental, até parece que você vai."
A mudança na atitude dela é assustadora, enervante.
"Talvez você não entenda a magnitude do que acabou de acontecer", ele diz. "Sempre vejo isto com outras vítimas."
"Eu não sou uma vítima. Eu fui vitimada." De repente, ela é a promotora pública outra vez, a estrategista, a política. "Isto tem que ser tratado de um jeito preciso e correto, ou sabe como vou ficar conhecida? Como a candidata a governadora que foi estuprada."
Ele não responde.
"*Qualquer crime. Ontem, hoje ou amanhã. Inclusive o meu*", ela diz.

6

Monique está de pé no meio da sala de exame, enrolada no cobertor branco.

"Tire a gente daqui", ela diz a Win.

"Não existe *a gente*", ele diz. "Eu não posso me envolver..."

"Quero você encarregado disto. Agora venha comigo", ela diz, seu rosto calmo feito uma máscara. "Tire a gente daqui. Fique comigo até eu saber que estou em segurança. Não sabemos quem está por trás disto. Preciso ficar segura."

"Você vai ficar segura, mas não posso ser sua proteção."

Ela olha com firmeza para ele.

"Preciso deixar que investiguem isto, Monique. Não posso me envolver num caso de uso de força letal e continuar trabalhando como se nada tivesse acontecido."

"Você pode e vai."

"Você não está mesmo esperando que eu seja seu guarda-costas..."

"Realizaria sua fantasia, não?", ela diz, e olha para Win, algo em seus olhos que ele nunca viu antes, não vindo dela. "Me tire daqui. Tem que haver um porão, uma saída de incêndio, alguma coisa, me tire daqui. Esta droga de hospital não tem um heliporto no telhado?"

Win liga para Sammy no celular e diz: "Arranje um helicóptero e tire ela daqui".

"Para onde?", Sammy pergunta.

Win olha para Lamont e diz: "Você tem algum lugar seguro onde ficar?".

Ela hesita, então diz: "Boston".

"Onde em Boston? Preciso saber."

"Um apartamento."

"Você tem um apartamento em Boston?" Isso é novidade para ele. Por que ela teria um apartamento a menos de quinze quilômetros de casa?

Ela não responde, não lhe deve mais nenhuma explicação sobre sua vida.

Ele diz a Sammy: "Arranje um oficial para encontrá-la quando pousar, escoltá-la até o apartamento".

Ele desliga o telefone, olha para ela, tem uma de suas sensações ruins, diz: "As palavras não bastam, Monique, não há como dizer quanto eu lamento...".

"Você tem razão, as palavras não bastam." Ela lança para ele o mesmo olhar desconcertante.

"Estou de licença por uns dias, a partir de agora", ele diz. "É a melhor coisa a fazer."

Os olhos dela o perfuram, de pé na pequena sala branca, enrolada no cobertor branco.

"Como assim, *a melhor coisa*? Achei que fosse eu quem decidisse qual é a melhor coisa para mim."

"Talvez isto não diga respeito só a você", ele diz.

O olhar assustador dela não desvia dos olhos dele.

"Monique, preciso de alguns dias para cuidar das coisas."

"Neste momento, sua função é cuidar de mim", ela diz. "Temos que fazer o controle de estragos, reverter isto em algo positivo. *Você* precisa de *mim*."

Ela fica totalmente imóvel, seus olhos encarando Win. Atrás deles a escuridão fervilha de ódio e raiva.

"Sou a única testemunha", ela afirma num tom seco.

"Você está ameaçando mentir sobre o que aconteceu se eu não fizer o que você diz?"

"Eu não minto. As pessoas me conhecem nesse ponto", ela responde.

"Você está me ameaçando?", Win repete, e agora ele é um policial, não o homem que salvou a vida dela. "Porque há testemunhas mais importantes que você. As testemunhas silenciosas da ciência forense. Os fluidos corporais dele, por exemplo. A não ser que você vá dizer que foi consensual. Então imagino que a saliva dele, o fluido seminal sejam irrelevantes. Então acho que sem querer interrompi um encontro amoroso, algum teatrinho sexual criativo. Talvez ele tenha pensado que estava protegendo você de mim, achou que eu fosse o invasor, e não o contrário. É isso que você vai dizer, Monique?"

"Como você ousa?"

"Sou muito bom em roteiros. Quer mais alguns?"

"Como você ousa?"

"Não. Como *você* ousa? Eu acabei de salvar sua vida, droga."

"Seu porco machista. Homem típico. Acha que nós todas queremos isso."

"Pare."

"Acha que nós todas temos alguma fantasia secreta de ser..."

"Pare!" Então ele baixa a voz. "Vou fazer o que puder para ajudar. Não fui eu que fiz isto com você. Você sabe o que aconteceu. Ele está morto. Teve o que mereceu. A melhor vingança, se você quiser ver desse modo. Você venceu, fez ele pagar o preço mais caro, se quiser pensar assim. Agora vamos consertar o que der, fazer o melhor possível para pôr as coisas de volta nos trilhos. Controle de estragos, como você diz."

Os olhos dela clareiam. Pensamentos movem-se neles.

"Preciso de alguns dias", Win diz. "Preciso que você se controle para não descontar em mim. Se você não consegue fazer isso, não vou ter escolha senão..."

"Fatos", ela o interrompe. "Impressões digitais no galão de gasolina. DNA. A pistola — é roubada? Minhas chaves que sumiram, talvez coincidência a não ser que estivessem com ele, na casa dele. Se sim, por que ele não estava esperando dentro da minha casa?"

"Seu alarme."

"Certo." Ela anda de um lado para o outro, enrolada no cobertor branco como uma chefe indígena. "Como ele chegou à minha casa? Ele tem carro? Outra pessoa o levou até lá? Família? Quem ele conhecia?"

Pretérito. O agressor dela está morto e ela já pensa nele como morto. Não passou nem uma hora. Win olha para o relógio de pulso. Ele liga para Sammy. O helicóptero vai chegar em nove minutos.

O Bell 430 decola do heliporto no telhado do hospital Mount Auburn, paira e se orienta, sai voando em direção à cidade de Boston. É um pássaro de sete milhões de dólares. Lamont ajudou a garantir que a Polícia Estadual de Massachusetts possua três deles.

Neste momento ela não se orgulha muito disso, não se orgulha muito de nada, não sabe ao certo como se sente a não ser pesada, de pedra. Sentada no assento de trás, consegue ver os jornalistas ensandecidos no chão, suas câmeras apontadas na direção dela; então fecha os olhos e tenta ignorar que está desesperada para tomar um banho e vestir roupas limpas, tenta ignorar áreas do seu corpo que foram invadidas e violadas, tenta ignorar medos incômodos de doenças sexualmente transmissíveis, gravidez. Tenta se concentrar em quem e no que ela é, e não no que aconteceu horas atrás.

Ela respira fundo, olha pela janela, olha os telhados passando lá embaixo enquanto o helicóptero avança em direção ao hospital de Massachusetts, onde os pilotos planejam pousar para que algum policial do estado possa buscá-la e transportá-la para um apartamento que supostamente ninguém sabe que existe. É muito provável que pague por esse erro, não sabe que outra coisa poderia ter feito.

"Tudo bem aí atrás?", diz uma voz de piloto nos fones de ouvido.

"Sim."

"Vamos aterrissar em quatro minutos."

Ela está afundando. Olha sem piscar para a divisória que a separa dos pilotos, e se sente mais pesada, afundando mais. Uma vez, quando era estudante em Harvard, ficou bêbada, muito bêbada, e, embora nunca tenha dito uma palavra a respeito para ninguém, sabia que pelo menos um dos homens com quem estivera bebendo fez sexo com ela enquanto ela estivera inconsciente. Quando acordou, o sol brilhava e os pássaros faziam barulho, ela estava sozinha num sofá e era óbvio o que tinha acontecido, porém ela não acusou o suspeito que tinha em mente, com certeza não pensou em ser examinada por uma enfermeira forense. Monique lembra como se sentiu naquele dia — envenenada, amortecida. Não, não apenas amortecida, talvez morta. Foi isso mesmo, ela lembra enquanto voa rumo ao centro da cidade. Sentiu-se morta.

A morte pode ser libertadora. Há coisas com as quais você não precisa mais se preocupar se está morto. As pessoas não podem ferir ou mutilar partes de você que estão mortas.

"Senhorita Lamont?", uma voz de piloto diz outra vez nos fones. "Quando pousarmos, vai demorar um minuto para desligar a nave, e quero que a senhora continue sentada. Alguém vai abrir a porta e tirá-la do helicóptero."

Ela imagina o governador Crawley. Imagina seu rosto feio, seu sorriso maroto quando ouvir a notícia. Ele provavelmente já sabe. É claro que sabe. Vai se compadecer, lamentar muito, humilhá-la e destruí-la na eleição.

"E depois?", ela diz, empurrando o microfone para perto dos lábios.

"O oficial da Polícia Estadual em terra vai dizer à senhorita...", responde um dos pilotos.

"Você é da Polícia Estadual", ela diz. "Estou perguntando a você qual é o plano. A imprensa vai estar lá?"

"A senhorita será informada, tenho certeza."

Eles agora pairam sobre o heliporto no telhado do hospital, uma biruta laranja tremula com a força do rotor, uma policial do estado de uniforme azul baixa a cabeça por causa do vento. O helicóptero pousa, entra em ponto morto, e Lamont fica sentada, vendo pela janela a policial desconhecida, de aspecto comum, alguém inferior na cadeia alimentar, cuja missão é levar a promotora pública traumatizada e sitiada para um refúgio seguro. Uma maldita acompanhante, uma maldita guarda-costas, uma maldita mulher, para lembrar a Lamont que ela é uma mulher que acabou de ser violentada por um homem, e por isso muito provavelmente não quer ser escoltada por um homem. Ela está fragilizada. É uma vítima. Imagina Crawley, imagina o que ele vai dizer, o que já está dizendo e pensando.

Os motores ficam em silêncio, as pás gemem baixinho, desacelerando, então param de vez. Ela tira os fones de ouvido e o cinto de segurança e imagina o rosto comiserado, caridoso de Crawley olhando para a câmera e oferecendo a compaixão do povo de Massachusetts para Monique Lamont. Vítima Lamont.

Vítima Lamont para governadora. Qualquer crime, ontem, hoje ou amanhã, inclusive o meu.

Lamont abre sozinha a porta do helicóptero antes que a policial consiga fazê-lo, desce sozinha antes que alguém possa ajudá-la.

Qualquer crime, ontem, hoje ou amanhã, inclusive o meu.

"Quero que você encontre Win Garano para mim. Agora mesmo", Lamont diz à oficial. "Diga para ele largar o que estiver fazendo e me telefonar agora mesmo", ela ordena.

"Sim, senhora. Sou a sargento Small." A mulher de azul oferece um aperto de mão, faz tudo menos bater continência.

"Que nome infeliz", diz Lamont, andando em direção a uma porta que leva para dentro do hospital.

"A senhora está falando do investigador, certo? O que

chamam de Jerônimo." A sargento Small agora entende o que Lamont disse. "Se eu fosse gorda seria mesmo um nome muito infeliz, senhora. Já caçoam bastante de mim." Ela tira o rádio de seu grande cinto preto, abrindo a porta. "Meu carro está lá embaixo, escondido. Se importa de descer pela escada? Para onde posso levá-la depois?"

"Para o *Globe*", ela diz.

O porão de Jimmy Barber é empoeirado e mofado, com uma única lâmpada fraca para iluminar o que devem ser umas cem caixas de papelão empilhadas até o teto, algumas com etiqueta, a maioria sem.

Sykes passou as últimas quatro horas afastando caixas de porcarias sortidas — velhos gravadores, montes de fitas, vários vasos de planta vazios, equipamento de pesca, bonés de beisebol, um colete à prova de balas à moda antiga, troféus de beisebol, milhares de fotos, cartas, revistas, arquivos, blocos de anotações com uma letra horrível. Tralha e mais tralha. O homem era preguiçoso demais para organizar suas recordações, por isso apenas as jogou em caixas, guardando tudo exceto embalagens de *fast-food* e o que estava no cesto de lixo.

Ela já olhou muitos casos, alguns que ele deve ter achado que valia a pena guardar: um fugitivo que se escondeu numa chaminé e ficou preso, uma agressão letal com um pino de boliche, um homem atingido por um relâmpago enquanto dormia numa cama de ferro, uma mulher embriagada que parou no meio da estrada para fazer xixi, esqueceu de puxar o freio e atropelou a si mesma. Casos e mais casos que Barber não deveria ter levado para casa quando se aposentou. Mas ela ainda não encontrou KPD893-85, nem mesmo numa caixa contendo papéis, correspondências e casos de 1985. Ela liga para o celular de Win pela terceira vez, deixa outra mensagem, sabe que ele está ocupado, mas leva para o lado pessoal.

Sykes não consegue deixar de pensar que, se fosse alguém importante de fato, talvez aquela promotora pública educada em Harvard de quem ele tanto reclama, ele ligaria de volta imediatamente. Sykes estudou numa faculdade cristã minúscula em Bristol, Tennessee, foi expulsa por desempenho ruim no segundo ano, odiava a escola, não via um motivo prático no mundo para aprender francês, cálculo ou ir à capela duas vezes por semana. Sabe que não é do mesmo calibre que Win e essa promotora pública, e de todas essas outras pessoas lá no Norte que fazem parte da vida dele. Ela quase tem idade para ser mãe dele.

Sentada num balde plástico de vinte litros virado de boca para baixo, olhando pilhas de caixas de papelão, sua garganta já está áspera, seus olhos coçam, suas costas doem. Por um instante ela sente que não vai dar conta, não apenas da tarefa que tem diante de si, mas de tudo, mais ou menos como ela se sentiu quando entrou na Academia e no segundo dia a classe foi levada para um passeio no notório centro de pesquisa da Universidade do Tennessee conhecido como Lavoura de Corpos, dois acres de floresta repletos de cadáveres malcheirosos em todas as condições imagináveis, restos humanos doados apodrecendo no chão, sob placas de concreto, em porta-malas de carros, dentro de sacos mortuários ou fora de sacos mortuários, vestidos ou nus, antropólogos e entomólogos passeando ali dia após dia, fazendo anotações.

Quem faria isto? Quer dizer, que tipo de pessoa faz uma coisa tão nojenta na graduação, no trabalho ou o que seja?, ela perguntou a Win enquanto os dois se agachavam, olhando vermes pululando sobre um homem parcialmente decomposto cujo couro cabeludo escorrera para fora do crânio, parecendo um bicho atropelado, a cerca de um metro de distância.

Melhor se acostumar, ele disse como se o fedor e os insetos não o incomodassem nem um pouco, como se ela não soubesse de nada. *Não é agradável trabalhar com os mortos, eles nunca agradecem. Os vermes são bons. São como bebezinhos. Está vendo?* Ele recolheu um verme, pôs na ponta do dedo, onde o bicho se empoleirou feito um grão de arroz que se retorcia. *Dedos-duros. Nossos amiguinhos. Nos dizem a hora da morte, todo tipo de coisa.*

Posso odiar vermes quanto quiser, disse Sykes. *E não precisa me tratar como se eu tivesse acabado de chegar da roça.*

Ela se levanta do balde, examina camadas de caixas, perguntando-se quais delas contêm mais casos velhos que saíram do escritório junto com o detetive Barber. Egoísta imbecil, cérebro de alfinete. Ela levanta uma caixa quatro camadas acima do chão, resmungando sob o peso, com a esperança de não distender nada. A maioria das caixas está aberta, talvez porque o bode velho não se desse ao trabalho de fechá-las com fita adesiva após fuçá-las ao longo dos anos, e ela começa a vasculhar entre faturas de cartão e contas de telefone e de serviços diversos datando de meados da década de 1980. Não é isso que ela está procurando, mas o engraçado das contas e notas fiscais é que elas muitas vezes revelam mais sobre uma pessoa do que confissões e relatos de testemunhas; ela nutre certa curiosidade e imagina o dia 8 de agosto de vinte anos atrás, o dia em que Vivian Finlay foi assassinada.

Sykes imagina o detetive Barber indo trabalhar naquele dia, provavelmente como se fosse outro dia qualquer, e então sendo chamado à luxuosa casa à beira-rio da sra. Finlay, em Sequoyah Hills. Ela tenta lembrar onde estava vinte anos atrás em agosto. Estava se divorciando. Vinte anos atrás ela era uma despachante de polícia em Nashville, e seu marido trabalhava para uma gravadora, abrindo-se a novos talentos femininos de um jeito que acabou se mostrando um pouco diferente daquele que Sykes considerava aceitável.

Ela retira arquivos toscamente etiquetados por mês e volta a sentar no balde plástico com faturas de cartão de crédito e contas de telefone e outros serviços na mão. O endereço nos envelopes é o da casa onde fica este porão imundo, e, conforme ela dá uma olhada nas cobranças do

MasterCard, começa a suspeitar que Barber vivia sozinho na época, já que a maioria das compras era feita em lugares como Home Depot, Wal-Mart, uma adega, um bar de esportes. Sykes nota que em toda a primeira metade de 1985 ele fez pouquíssimas chamadas de longa distância, em alguns meses não mais que duas ou três. Então, em agosto, isso mudou de repente.

Ela ilumina uma conta de telefone com a lanterna, e lembra que vinte anos antes os celulares eram geringonças grandes e incômodas que pareciam um contador Geiger. Ninguém usava. Os policiais não usavam. Quando estavam longe da mesa e precisavam dar telefonemas, pediam ao despachante que fizesse isso e retransmitisse as informações por rádio. Se a informação de que o detetive precisava era confidencial ou delicada, ele voltava para o distrito, e, se estivesse fora da cidade, ligava a cobrar para o departamento e depois tinha que preencher formulários de reembolso.

O que os policiais não faziam era dar, de casa, telefonemas relacionados aos casos, nem receber a cobrança em sua conta residencial, porém, a partir da noite de 8 de agosto, quando a sra. Finlay já estava morta e na geladeira do necrotério, Barber começou a fazer telefonemas de casa, sete deles entre as cinco da tarde e a meia-noite.

7

O apartamento de Win fica no segundo andar de um prédio de tijolo e arenito que em meados do século XIX era uma escola. Como alguém que teve tanta dificuldade em ser admitido numa escola, é estranho que tenha acabado morando em uma.

Não foi de propósito. Quando ele foi contratado pela Polícia Estadual de Massachusetts, tinha vinte e dois anos, não tinha nada em seu nome além de um jipe com dez anos nas costas, roupas de segunda mão e os quinhentos dólares que Nana conseguira juntar como presente de formatura. Parecia impossível encontrar um lugar em Cambridge que coubesse em seu orçamento, até por acaso achar a velha escola na rua Orchard, abandonada durante décadas e mais tarde convertida em um conjunto residencial. O prédio ainda não estava habitável, e Win fez um acordo com Farouk, o proprietário: se o aluguel fosse barato o bastante e Farouk prometesse não aumentar mais que 3% ao ano, Win moraria ali durante a reforma e forneceria segurança e supervisão.

Agora sua presença como policial já basta. Ele não precisa supervisionar nada e Farouk permite que estacione seu Hummer H2 (apreendido de um traficante e vendido num leilão por uma pechincha), sua Harley-Davidson Road King (retomada, em bom estado) e seu carro de polícia sem identificação numa pequena área pavimentada nos fundos. Nenhum dos outros inquilinos tem estacionamento, eles lutam por vagas na rua estreita, seus carros são amassados e arranhados.

Win destranca a porta dos fundos e sobe três lances de escada até um corredor ladeado por apartamentos que outrora foram salas de aula. O seu fica no fim do corredor, número 31. Ele destranca a porta pesada de carvalho e entra num enclave particular de velhas paredes de tijolo ainda com as lousas originais embutidas, com piso de abeto, lambrisamento e tetos abobadados. Seus móveis são antigos, um sofá Ralph Lauren de couro marrom (de segunda mão), uma cadeira e um tapete oriental (eBay), uma mesa de centro Thomas Moser (de mostruário, levemente danificada). Ele olha, escuta, emprega todos os seus sentidos. O ar parece estagnado, a sala de estar solitária, e ele tira uma lanterna de uma gaveta, ilumina obliquamente o chão, os móveis, as janelas, à procura de pegadas ou de digitais no pó ou em superfícies brilhantes. Ele não tem sistema de alarme, só tem dinheiro para pagar o da casa da avó. Não importa, Win tem seu próprio jeito de lidar com intrusos.

Dentro do armário perto da porta da frente, ele abre um cofre embutido na parede, retira sua Smith & Wesson, calibre 357, modelo 340, sem cão, para não enganchar na roupa, e construída de uma liga de titânio e alumínio, tão leve que parece de brinquedo. Ele enfia o revólver num bolso e entra na cozinha, faz café, olha a correspondência que Farouk empilhou no balcão, a maioria revistas, folheia a *Forbes* enquanto o café pinga, olha um artigo sobre os carros mais velozes, o novo Porsche 911, o novo Mercedes SLK55, a Maserati Spyder.

Entra em seu quarto de paredes de tijolo, outra lousa (para manter sua contagem, ele diz a algumas das mulheres com quem fica, pisca para elas, brincadeira), senta na cama, dá goles no café, pensando, de olhos pesados.

Sykes se arrepende de não ter trazido uma garrafa de água e alguma coisa para comer. Sua boca está seca, com gosto de pó. Seu nível de açúcar no sangue está baixando.

Mais de uma vez ela pensou em aparecer lá em cima e pedir um pouco de hospitalidade à viúva do detetive Jimmy Barber, mas, quando subiu para perguntar se podia usar o banheiro, a sra. Barber, que devia estar dormindo, estava sentada à mesa da cozinha, bebendo vodca pura, antipática e desagradável como um gambá.

"Vai lá." Caindo de bêbada, ela aponta com a cabeça o banheiro no fim do corredor. "Depois faça o que veio fazer e me deixe em paz. Estou de saco cheio disso tudo, já fiz minha parte."

Sozinha e exausta no porão, Sykes continua a estudar as surpreendentes contas telefônicas de Barber, tentando entender por que ele fazia tantas ligações de casa. Cinco delas têm o código de área 919, o mesmo número toda vez; Sykes tenta esse número, mas cai no serviço de atendimento do escritório do legista estadual da Carolina do Norte. Alguém pergunta se ela quer registrar um caso.

"Não. Ah, desculpe", ela diz. "Acho que estou com o número errado", e desliga.

Ela percebe que pelo menos doze outras ligações que Barber fez do telefone de casa nos dias seguintes à morte de Vivian Finlay têm o código de área 704. Digita o número e cai numa gravação — o código de área mudou para 828. Ela tenta outra vez.

"Alô?", responde uma voz grogue de homem.

Sykes confere o relógio de pulso. São quase sete da manhã. Ela diz: "Sinto muito incomodar o senhor tão cedo. Mas pode me dizer há quanto tempo tem esse número?".

Ele desliga na cara dela. Talvez não tenha sido uma boa abordagem. Tenta outra vez e diz logo de cara: "Juro que não é um trote, senhor. Sou agente do Escritório de Investigação do Tennessee e encontrei este telefone num caso que estou investigando".

"Meu Deus", ele diz. "Você está brincando."

"Não, senhor. É sério como um ataque cardíaco. Um caso que aconteceu vinte anos atrás."

"Meu Deus", ele diz. "Você deve estar falando da minha tia."

"Que seria...?", Sykes pergunta.

"Vivian Finlay. Este telefone era dela. Quer dizer, nunca mudamos o número."

"Então imagino que ela tinha outra casa além da de Knoxville."

"Isso mesmo. Aqui em Flat Rock. Sou sobrinho dela."

Sykes pergunta com calma: "O senhor se lembra de Jimmy Barber, o detetive que trabalhou no caso da sua tia?".

Ela ouve uma voz de mulher ao fundo: "George? Quem é?".

"Está tudo bem, querida", ele diz, depois fala para Sykes: "Minha mulher, Kim". E de novo para a mulher: "É só um minuto, meu bem". Então volta para Sykes: "Eu sei que ele tentou bastante, talvez até demais. Foi muito possessivo com este caso, e eu meio que o culpo por não ter chegado a lugar nenhum. Sabe como é, era o caso da carreira dele, ele não compartilhava informações, trabalhava em segredo. Imagino que você esteja acostumada com essas coisas."

"Infelizmente."

"Pelo que me lembro, ele parecia ter a convicção de que estava descobrindo alguma coisa, seguia uma pista quente, não dizia exatamente qual, acho que mais ninguém sabia o que era. Esse provavelmente é um dos motivos porque nunca resolveram o caso. Foi isso que sempre achei."

Sykes pensa nas ligações feitas da casa de Barber. Talvez seja esta a explicação. Ele guardava segredo, não queria que nenhum despachante nem que seus colegas investigadores sentissem o cheiro da pista que estava seguindo. Talvez Barber quisesse resolver o caso sozinho, não quisesse dividir a glória. Sim, ela está bem familiarizada com esse *modus operandi*.

"Querida", George está falando com a esposa outra vez, claramente tentando acalmá-la. "Por que você não vai fazer um café pra gente? Está tudo bem." Voltando para Sykes. "Kim foi quem mais se abalou, ela era muito próxima da minha tia, como uma filha. Ah, Deus, odeio que isto tudo precise vir à tona." Ele continua suspirando.

Sykes pergunta mais umas coisas. George tinha pouco mais de quarenta anos quando a tia foi assassinada, é filho do único irmão dela, Edmund Finlay, e, quando a agente tenta entender por que George e a tia tinham o mesmo sobrenome, ele explica que ela era teimosa, tinha orgulho de seu sobrenome distinto, e se recusou a mudar de sobrenome quando casou. George é filho único. Ele e a mulher, Kim, têm dois filhos crescidos que moram no Oeste, mas o casal passa o tempo todo em Flat Rock, eles deixaram o Tennessee para sempre pouco tempo depois do assassinato, não conseguiram mais ficar ali, não aguentavam as lembranças, principalmente Kim, que quase teve uma crise de nervos.

Sykes promete voltar a falar com ele ou, mais provável, um investigador chamado Winston Garano fará isso. George não parece muito contente quando ouve essa parte.

"É muito doloroso reabrir tudo isto", ele explica. "Posso perguntar por que é necessário depois de todos esses anos?"

"Só estamos investigando umas coisas, senhor. Agradeço sua cooperação."

"É claro. O que eu puder fazer para ajudar."

Até parece que ele quer ajudar, Sykes pensa. Quando a raiva passa e a parte feia some, muitas pessoas não se importam mais com a justiça. Elas só querem esquecer.

"Que pena", ela resmunga para o porão escuro e malcuidado de Barber. *Não que eu esteja me divertindo.*

Ela pondera e reflete, empoleirada no balde plástico feito a estátua do Pensador. Volta a olhar mais contas, acha uma fatura de setembro do MasterCard, tira o que está dentro do envelope, encontra algo que provoca um "erro de disco", como ela diz.

"Como assim?", resmunga, olhando para um documento cuja capa tem carimbado um número de caso de autópsia, depois outro número de caso, um número de arquivo de polícia rabiscado a lápis com uma letra feia: KPD893-85.

A página sob a capa é um inventário feito pelo legista, referente aos pertences pessoais de Vivian Finlay, e grampeada nele há uma foto de partes mutiladas do corpo de um homem, uma cena nojenta: pés, braços e pernas, pedaços e partes, vísceras, uma cabeça decapitada, dispostos numa mesa de autópsia de aço coberta com um lençol verde. O número de caso escrito numa régua de quinze centímetros usada como escala de referência indica que a morte ocorreu na Carolina do Norte, em 1983.

Win acorda assustado, por um instante não sabe direito onde está. Percebe que dormiu por mais de duas horas, ainda está vestido, seu pescoço está duro, o café no criado-mudo está frio.

Ele confere as mensagens do telefone, pulando as mais antigas deixadas por Sykes quando ele estava ocupado demais com Lamont para lidar com o caso Finlay. Sykes deixou outra mensagem: ela lhe enviou arquivos pela internet e ele precisa olhar agora mesmo e ligar de volta. O computador está cuidadosamente centrado numa escrivaninha Stickley (venda de garagem), e ele, sentado, digita o número de Sykes, fala com ela no celular.

"Minha nossa!" Ela machuca o ouvido dele. "Acabei de ficar sabendo!"

"Opa", ele diz. "Você está perto de um telefone fixo?"

Ela lhe passa um número que ele reconhece como da Academia. Ele liga outra vez.

"Minha nossa!", ela começa de novo. "Está no noticiário. Minha nossa, Win! O que aconteceu?"

"Depois eu conto, Sykes."

"Você se envolve num tiroteio e quer me contar depois? Pelo menos você matou o cara. Caramba, e ela? O que vai ser dela? A promotora? Aqui todo mundo só fala disso."

"Podemos mudar de assunto, Sykes?"

"A parte que eu não entendo é como você foi parar na casa dela, e entrou bem na hora. Ela convidou você para tomar um drinque ou algo assim?"

Não é preciso ser detetive para perceber que ela está com ciúme. A bela e poderosa Lamont, ainda mais imponente porque Sykes nunca a viu, e agora a agente imagina Win salvando heroicamente a vida dela, provavelmente acha que a promotora será grata a ele para sempre, quer largar o emprego por ele, casar, ter os filhos dele, se jogar numa pira funerária quando ele morrer.

"Conte o que você achou", ele diz. "Encontrou o arquivo?"

"Depois de passar metade da noite no maldito porão do Barber, achei tudo menos o arquivo."

Ele bebe o café frio, acessa o e-mail, vê os arquivos que ela mandou, converte-os em documentos enquanto Sykes fala depressa, mal parando para respirar, conta sobre as faturas do MasterCard e as contas de telefone, sobre a provável possessividade, sede de glória e sigilo de Barber, o que o sobrinho da sra. Finlay tinha a dizer. Então chega à parte sobre um homem que teve um encontro funesto com um trem em Charlotte dois anos antes da morte da sra. Finlay.

"Opa, mais devagar", Win interrompe, olhando um documento na tela. "O que essa morte do trem tem a ver com o resto?"

"Me diga você. Está vendo a foto?"

"Estou vendo agora." Ele estuda a fotografia na tela, de qualidade não muito boa, uma foto de membros amputados e intestinos e pedaços de carne empilhados junto a um torso mutilado e uma cabeça decapitada, tudo sujo de algo que parece graxa e terra. Um homem branco. Cabelos pretos. Parece jovem, pelo que Win consegue ver. "Você conferiu com o escritório do legista?"

"Bem, eu não tinha entendido que este caso era meu."

O celular dele toca. Ele não responde, desliga com impaciência.

"Ei", Win diz a Sykes. "Você parece estar brava comigo."

"Não estou brava com você", Sykes diz, nervosa.

"Bom. Porque já tem várias pessoas bravas comigo e o que eu menos preciso é que você faça parte dessa lista."

"Como quem?"

"Ela, pra começar."

"Mesmo depois do que você fez?"

"Exatamente. Eu tentei contar. Ela é instável, uma sociopata, Bonnie sem Clyde, não precisa de um Clyde, acha que todos nós somos Clydes. Ela odeia Clydes, na verdade."

"Está dizendo que Lamont não gosta de homens?"

"Acho que ela não gosta de ninguém."

"Bem, seria legal se você agradecesse." Sykes tenta parecer durona. "Passei a noite inteira acordada, procurando coisas para você, devia estar na aula daqui a cinco minutos, e onde estou? Na maldita sala de informática mandando arquivos para você, tentando ligar para as pessoas, ouvindo um monte de xingamentos. Vou olhar o caso hoje mais tarde, no voo para Raleigh. O escritório do legista fica em Chapel Hill."

"Quem xingou você?" Ele sorri um pouco. Quando ela fica brava, fala como uma garotinha tão sulina quanto uma torta de noz-pecã.

"Um maldito policial de Charlotte. E quem vai me reembolsar pela passagem de avião, aliás?"

"Não se preocupe. Eu cuido de tudo", ele diz, percorrendo outro arquivo, informações vindas do porão do detetive Barber, intrigado com um inventário feito pelo legista dos pertences pessoais removidos de um cadáver no necrotério. "O que o *maldito policial de Charlotte* que trabalhou na morte provocada pelo trem tinha a dizer?"

Uma calcinha azul com babado e bolso para bola de tênis, ele lê o inventário.

Um conjunto de blusa e saia branca de tênis, marca Izod, com sangue...
O celular dele toca outra vez. Ele ignora.
"Aquele cretino", Sykes continua a despejar sua raiva. "Ele é chefe de polícia agora, você sabe o que eles dizem sobre o que vai boiando até o topo."
Ele amplia um número escrito a lápis, no canto superior direito do relatório de pertences pessoais.
KPD893-85.
"Sykes?"
"... Disse que eu ia ter que mandar uma solicitação por escrito se quisesse cópias dos relatórios, que agora provavelmente estão em microfilme", ela continua falando. "Mas ele disse que não entendia o interesse, não tinha nada de mais no caso..."
"Sykes? KPD893-85. Vivian Finlay? Ela estava vestindo roupas de tênis quando foi morta?"
"Tente dizer isso a ele, o cara que foi esmagado pelo maldito trem de carga. *Não tinha nada de mais...*"
"Sykes! Este é o inventário dos pertences pessoais de Vivian Finlay quando ela chegou ao necrotério?"
"Essa é a próxima parte bizarra, a única coisa que consegui encontrar do arquivo do caso dela. Onde diabos está o resto?"
"Estas roupas de tênis com sangue estão na sala de provas da polícia de Knoxville há vinte anos, é o que está sendo submetido a teste de DNA na Califórnia?"
O relatório de autópsia que Lamont lhe deu mostra uma senhora minúscula de setenta e três anos.
"Tem certeza de que este inventário de pertences pessoais é do caso dela?", pergunta Win.
"Esse é o número do caso dela, com certeza. Eu olhei tudo o que tinha em cada droga de caixa, enquanto a mulher dele, aquela zagueira de futebol americano, se arrastava na cozinha lá em cima, pisando forte, deixando claro que eu não era bem-vinda ali. Não tem mais nada."

Ele olha outra vez o inventário de pertences pessoais, percebe uma coisa que deveria ter notado imediatamente.

"O sobrinho diz que terá prazer em falar conosco", Sykes diz. "Bem, não prazer. Mas ele vai falar."

"Tamanho quarenta e quatro", Win diz enquanto alguém bate na porta. "As roupas de tênis são tamanho quarenta e quatro. Uma mulher de um metro e sessenta, com quarenta e cinco quilos, não usa quarenta e quatro. Ora, o que foi?!", ele diz quando as batidas ficam mais insistentes.

"Preciso ir", ele diz a Sykes, levanta da escrivaninha, vai para a sala de estar enquanto as batidas urgentes persistem.

Ele olha pelo visor, vê o rosto vermelho e infeliz de Sammy, abre a porta.

"Faz uma hora que estou tentando falar com você, droga", Sammy reclama.

"Como você sabia que eu estava aqui?", Win pergunta, confuso, sua mente a mil.

"Sou detetive. Seu telefone de casa está ocupado. Ela acabou de gritar comigo como uma sirene antiaérea."

"Quem?"

"Quem você acha? Você precisa vir comigo agora mesmo. Ela está esperando você na redação do *Globe*."

"De jeito nenhum", diz Win.

8

Stuart Hamilton, o editor administrativo, mantém a conduta apropriada, sentado em sua sala com Lamont, um repórter e um fotógrafo. A sala é de vidro. Todos na redação são testemunhas do que sem dúvida será uma entrevista sem precedentes, talvez a maior notícia na cidade desde que os Red Sox venceram o campeonato.

Todos, e deve haver umas cem pessoas atrás do vidro, estão vendo a famosa e imponente promotora pública Monique Lamont de agasalho esportivo escuro, exausta, sem maquiagem, sentada num sofá, e o chefe deles, Hamilton, escutando, concordando com a cabeça, com um rosto fúnebre. Jornalistas, secretárias, editores assistem em segurança do outro lado do vidro, mas Lamont sabe que está sendo observada, que estão falando dela, que estão trocando olhares, que os e-mails estão disparando de uma mesa para a outra. É o que ela quer. A entrevista vai sair na primeira página, acima da dobra. Vai percorrer o ciberespaço e pousar em jornais e sites de notícias do mundo todo. Vai ser comentada na televisão, no rádio.

Crawley pode ir para o inferno.

"Porque eu não tenho escolha", ela está dizendo, sentada no sofá, descalça, as pernas dobradas embaixo de si como se estivesse tomando café com velhos amigos. "Devo isso a mulheres no mundo todo." Ela pensa melhor. "A homens, mulheres, crianças, todas as pessoas vitimadas no mundo todo."

Cuidado. Não sugira que a violência sexual é um

problema restrito às mulheres. Não se refira a si mesma como uma vítima.

"Se pretendemos eliminar o estigma da violência sexual. Pedofilia. Estupro, e não só mulheres são estupradas", ela continua, "então precisamos ser francos a respeito, e falar disso no contexto da violência e não apenas no contexto do sexo."

"Então basicamente você está dessexualizando o crime ao mesmo tempo que o desmistifica", diz o repórter, Pascal Plasser Alguma-coisa, ela nunca consegue entender o nome dele.

Da última vez em que a entrevistou, ele foi razoavelmente justo, razoavelmente fiel, e não muito inteligente, motivo pelo qual o requisitou quando apareceu sem avisar na redação do jornal, e disse para Hamilton que, se ele garantisse a cobertura que ela merece para uma exclusiva desta magnitude, falaria francamente sobre o que acabara de acontecer.

"Não, Pascal", ela diz. "Não é nada disso que estou fazendo."

Ela se pergunta onde está Win, e sua raiva desponta, o medo deposita-se em seu estômago feito chumbo.

Ela diz: "É claro que não posso dessexualizar o que aconteceu comigo. Foi um crime sexual. Violência sexual que podia ter custado o maior preço de todos. Minha vida".

"É necessária imensa coragem para fazer isto, Monique", Hamilton diz com ar solene, de lástima, como se fosse um maldito diretor de funerária. "Mas preciso advertir que alguns dos seus detratores vão ver como uma manobra política. O governador Crawley, por exemplo..."

"Uma *manobra*?" Ela se inclina para a frente no sofá, olha fundo nos olhos de Hamilton. "Alguém põe um revólver na minha cabeça, me amarra, me estupra com intenção de me matar e de queimar minha casa, e isso é uma *manobra*?"

"O fato de você falar a respeito pode ser interpretado como..."

"Stuart", ela diz, com uma compostura e um autocontrole formidáveis. "Eu convido qualquer pessoa a sugerir uma coisa dessas. Desafio qualquer um. Quero ver."

Ela não sabe bem como pode ser tão confiante, e parte dela tem muito medo de que essa sobriedade não seja normal, talvez seja a calmaria antes de uma horrível tempestade, o momento de sanidade antes da camisa de força ou do suicídio.

"Por que você diz que convida?", pergunta o tal Pascal Não-sei-quê, rabiscando anotações, virando a página.

"Qualquer um", ela diz num tom sombrio. "*Qualquer um* que disser ou sugerir uma coisa dessas só vai conseguir revelar seu verdadeiro caráter. Boa sorte. Ele que tente."

"Ele?"

"Qualquer pessoa que tente."

Ela olha pelo vidro, vasculha aquele espaço soturno, separado por divisórias, jornalistas em seus cubículos, roedores que se alimentam do lixo e das tragédias dos outros. Procura Win, espera que sua presença imponente e marcante de repente domine a sala da redação, vindo a passos largos em sua direção. Porém não há sinal dele, e a esperança dela começa a arrefecer. Sua raiva pulsa.

Ele contestou a ordem dela. Ele a ofendeu, humilhou, mostrou seu desprezo misógino.

"Sobre sua nova iniciativa contra o crime, que foi publicada aqui neste jornal hoje de manhã: *Qualquer crime. Ontem, hoje ou amanhã*", Hamilton diz. "O que você diria agora?"

"E a nova iniciativa de reabrir casos arquivados, Em Risco, o assassinato no Tennessee, de algum modo vai servir de apoio para..."

Win não vem. Ela vai puni-lo por isso.

"Faço questão de exercer justiça em qualquer crime violento, não importa há quanto tempo tenha sido cometido", Lamont diz. "Na verdade, designei o investigador Garano para a operação Em Risco em tempo integral enquanto ele estiver de licença da minha sede em Middlesex County."

"De licença? Então não se sabe com certeza se o tiro

em Roger Baptista foi justificado?" Pascal de repente está alerta, mais alerta do que esteve ao longo da corajosa e dolorosa entrevista.

"Sempre que se usa força letal, quaisquer que sejam as circunstâncias aparentes", Lamont diz, enfatizando a palavra *aparentes*, "precisamos investigar o incidente até o fim."

"Você está querendo dizer que a ação talvez tenha sido excessiva?"

"Não posso comentar mais nada por enquanto", ela diz.

Win se sente meio culpado ao entrar no laboratório criminal da Polícia Estadual com seu envelope lacrado, sabendo que no fundo não é justo furar a fila de trabalhos atrasados e quebrar os protocolos quando quer que uma prova seja analisada imediatamente.

Ele não se sente nem um pouco culpado por não aparecer no *Globe* para promover as incansáveis aspirações políticas de Lamont, para participar de um comportamento inapropriado, ultrajante e, na opinião dele, autodestrutivo. Sammy diz que a *exclusiva bombástica* dela já está sendo comentada no ciberespaço, na TV e no rádio, e que todos estão sedentos para ler sua lasciva e lamentável entrevista. Ele decidiu que ela é imprudente e irracional, e isso não é boa coisa quando a pessoa é sua chefe.

O prédio moderno de tijolos com suas portas pesadas de aço na frente é um refúgio para Win, um lugar ao qual ir quando ele quer conversar com o capitão Jessie Huber, discutir casos, reclamar, fazer confidências, pedir conselhos, talvez um favor ou dois. Win atravessa o lobby de blocos de vidro verdes e azuis, percorre um corredor comprido e entra pela conhecida porta aberta onde encontra seu amigo e mentor, tipicamente alinhado num terno escuro conservador e numa gravata cinza de seda, tipicamente falando ao telefone. Huber é alto e magro, careca como a lua cheia, e as mulheres o acham sexy, talvez por ser imponente e bom ouvinte. Três anos atrás ele era o investigador sênior na unidade de Win, depois foi indicado para assumir os laboratórios.

Ele desliga o telefone quando vê Win, levanta depressa, diz: "Nossa, cara!", e o abraça como os homens abraçam, com mais tapas nas costas que qualquer outra coisa. "Senta, senta! Não acredito. Diga que diabos está acontecendo." Ele fecha a porta, puxa uma cadeira para perto. "Eu mando você pro Tennessee, o melhor centro de treinamento forense do planeta, bem a sua praia. E então? O que você está fazendo de volta aqui e no que se meteu?"

"Você me mandou?" Win senta, intrigado. "Achei que tinha sido Lamont. Achei que tinha sido uma ideia brilhante dela, me mandar para a Academia, talvez para que eu ficasse à disposição para trabalhar num *caso de cidade pequena*, na visão dela, que pegaria bem para nós da *cidade grande* aqui em cima."

Huber faz uma pausa, como se estivesse pensando no que vai dizer, e depois: "Você acabou de matar uma pessoa, Win. Não vamos falar de política".

"Eu matei uma pessoa por motivos políticos. Foi por política que eu fui convocado a voltar aqui e jantar com ela, Jessie."

"Entendo."

"Ainda bem que alguém entende."

"Você está furioso."

"Estou sendo usado. Não estão me dando nada com que trabalhar. Nem consigo achar a droga de arquivo do caso."

"Parece que você e eu temos a mesma opinião sobre essa palhaçada de Em Risco em que ela nos meteu", diz Huber.

"Pensei que fosse iniciativa do governador, que ela fosse só o pivô. Foi assim que explicaram..."

"Sim e não", Huber interrompe, inclinando-se para a frente na cadeira, baixando a voz. "Isto é coisa dela. Foi ela quem bolou a ideia, quem sugeriu para Crawley, quem o convenceu de que pegaria bem para o estado, para ele. Ela pode ser considerada a melhor jogadora, mas ele é o dono do time, não é? Não é difícil convencer um governador, principalmente Crawley, a fazer uma coisa assim... Você sabe como os governadores podem ser desatentos aos detalhes. Como assim, você não consegue encontrar o arquivo do caso?"

"Isso mesmo que eu disse. O arquivo do caso Finlay... sumiu. Perdeu-se no espaço."

Huber faz cara de desgosto, quase revira os olhos, resmunga: "Jesus, você não pensou que talvez ela tivesse pedido que mandassem o arquivo para o escritório dela...", ele pega o telefone, disca, olha para Win, acrescenta: "antes de arrastar você pra dentro desta história?".

"Ela diz...", Win começa a responder.

"Oi", Huber diz à pessoa que atende o telefone. "Win Garano está aqui comigo. O arquivo do caso Finlay. Você chegou a ver?" Uma pausa, então Huber olha fixo para Win e diz: "Já imaginava. Obrigado", e desliga.

"Que foi?", Win pergunta, uma sensação ruim brotando em seu estômago.

"Toby diz que recebeu o arquivo semanas atrás e pôs na mesa de Lamont."

"Ela me disse que nunca o viu. O distrito policial de Knoxville também nunca viu. Que tal você me passar o telefone do Toby?"

Lamont mentiu? Perdeu o arquivo? Alguém o pegou antes que ela visse?

"Política, rapaz", Huber diz. "Política e talvez sujeira", ele enfatiza com um olhar soturno, anota um número de telefone, entrega para Win. "Da primeira vez em que me falou sobre essa iniciativa Em Risco, eu disse enfaticamente que ela nunca devia ter convencido Crawley a entrar nessa e devia tentar convencê-lo a sair. *Qualquer crime. Ontem, hoje ou amanhã.* Jesus. Qual é? Vamos começar a fazer testes de DNA em todos os crimes violentos sem solução desde o Grande Dilúvio? Enquanto isso, temos uns quinhentos casos atrasados. Casos reais com pessoas reais à solta, estuprando, matando."

"Não sei se entendo direito por que você me mandou pra Knoxville." Win não consegue engolir isso, está trêmulo, sente-se um pouco tonto.

"Achei que estivesse fazendo um favor. É um ótimo lugar, ótimo para o seu currículo."

"Eu sei que você sempre cuidou dos meus interesses... É só que parece coincidência eu estar lá embaixo e então..."

"Veja. É coincidência até um ponto", diz Huber. "Lamont estava decidida a cuidar de um caso antigo que não fosse local. Você por acaso estava no Tennessee, Win, e por acaso era o investigador que ela queria envolvido."

"E se eu não estivesse no Tennessee?"

"Ela teria achado outro caso em alguma cidade distante e provavelmente teria solicitado você de um jeito ou de outro. Sabe como é. Nós, os iluminados de New England, os grandes salvadores", ele acrescenta com sarcasmo. "Mandem as tropas ianques da terra do MIT e de Harvard. Também é fácil enterrar o assunto, não é? Se as coisas não derem tão certo lá embaixo em alguma cidadezinha exótica do Sul, mais cedo ou mais tarde — talvez antes mesmo das eleições —, todo mundo aqui em cima esquece a história. Seria muito mais difícil tentar enterrar um homicídio que tivesse acontecido em Massachusetts, certo?"

"Provavelmente."

Huber se recosta na cadeira, acrescenta: "Ouvi dizer que você é a estrela lá na Academia".

Win não responde, seus pensamentos estão estacionados em vários pontos. Ele está suando sob o terno, um suor frio.

"Seu futuro, Win. Acho que você não quer trabalhar para ela pelo resto da vida nem ficar correndo de um lado para o outro, a qualquer hora do dia ou da noite, cuidando de assassinatos sem importância, um marginal matando o outro. Para não falar do dinheiro. Eu com certeza cansei.

Treinamento. O melhor. Preparo. Você é tão talentoso, cara. Acho que você pode me substituir como diretor do laboratório quando eu me aposentar, e estou contando os dias. Tudo depende das forças superiores, de quem for o governador." Ele tem um olhar malicioso no rosto. "Você está acompanhando?"

Win não está acompanhando muito. Fica em silêncio, tem uma sensação a respeito de Huber. Uma que nunca sentiu antes.

"Você confia em mim?"

"Sempre confiei", Win responde.

"Você confia em mim agora?", Huber pergunta, seu rosto muito sério.

Win não engole aquilo, diz: "Confio em você o bastante para passar meu dia de saúde mental com você, Jessie. É assim que fazemos as coisas aqui na terra de Oz quando matamos alguém no trabalho. Que tal?".

"Não estou mais na unidade de apoio psicológico, amigo. Você sabe disso."

"Não importa. E você sabe disso. Estou declarando que esta é uma sessão oficial de aconselhamento com o conselheiro experiente de minha escolha. Se alguém perguntar, acabo de ter meu dia de saúde mental. Vamos, pergunte como me sinto."

"Diga."

"Triste por ter precisado usar força letal", Win recita mecanicamente. "Estou arrasado, não consigo dormir. Fiz tudo o que pude para detê-lo, mas ele não me deu outra escolha. É trágico. Era apenas um garoto, talvez pudesse ter sido reabilitado, acrescentado algo positivo à sociedade."

Huber olha fixamente para ele por um longo instante, então diz: "Vou vomitar".

"Então está bem. Estou feliz por ele não ter matado Lamont. Nem a mim. Bravo por esse merdinha inútil ter feito aquilo com ela, comigo. Feliz por ele estar morto, assim não pode me processar. Você se importa se eu pegar a Rake emprestada um pouquinho?" Win levanta o envelope, o verso está selado com fita amarela de evidência, com as iniciais dele. "Quem sabe experimentar aquele aparelhinho mágico que detecta impressões em papel, aquele software chique de tratamento de imagem que vocês acabaram de comprar, ou ambos, numa carta? Por falar nisso, tinha alguma digital no dinheiro, os mil dólares que estavam no bolso de Baptista?"

"Já passei tudo pelo sistema de identificação de impressões digitais. Nada." Huber se levanta, volta para trás da mesa, senta em sua cadeira giratória.

"O que você acha?", Win então diz. "Um assalto que deu errado ou alguma outra coisa?"

Huber hesita, diz: "Inimigos? A lista é comprida, Win. Acho que agora você está vendo a verdade assustadora com seus próprios olhos, e eu tomaria muito cuidado com o que vai dizer a ela, perguntar a ela, muitíssimo cuidado. Uma pena. Uma pena mesmo, porque sabe de uma coisa? Ela não era assim quando começou, ela era durona de verdade, derrubou um monte de marginais, tinha meu respeito. Digamos que a palavra *ética* provavelmente não pertence mais ao vocabulário sofisticado dela."

"Achei que vocês dois fossem amigos. Ela está fazendo um favorzinho para o seu filho."

"Ahã, amigos." Ele dá um sorriso pesaroso. "Neste ramo, nunca deixe as pessoas saberem o que você realmente acha delas. Ela com certeza não faz ideia do que Toby pensa dela."

"Ou você?"

"É incompetente e joga toda a culpa nos outros, incluindo Toby. De homem para homem. Isso fica entre nós, Jerônimo? Ela está se afundando", Huber diz. "É muito triste."

9

O patologista forense que fez a autópsia do homem atingido pelo trem morreu uma semana depois, numa tarde de domingo, quando saltou de paraquedas e este não abriu.

Se Sykes não estivesse com o arquivo original do caso na frente dela, talvez não acreditasse. *Carma ruim*, ela pensa, incomodada. Quando era criança, adorava arqueologia. Era uma das poucas matérias que a interessavam, talvez porque não fosse ensinada na escola. Ela perdeu o interesse quando leu sobre a tumba de Tutancâmon, as maldições e as mortes misteriosas.

"Vinte anos atrás, a senhora Finlay morreu", ela está dizendo a Win pelo telefone. "Dois anos antes disso morreu o homem do trem, e então morreu o legista. Estou ficando um pouco perturbada."

"Deve ser coincidência", ele diz.

"Então por que a foto estava grampeada ao inventário de pertences pessoais da senhora Finlay?"

"Talvez não devêssemos falar sobre isso agora", diz ele, que não gosta de celulares e com certeza não acha que conversar em um seja seguro.

Sykes está sozinha no pequeno escritório do necrotério, no décimo primeiro andar de um prédio alto e bege, atrás dos hospitais da faculdade de medicina da Universidade da Carolina do Norte, em Chapel Hill. Está desnorteada, parece que quanto mais investiga a morte violenta de Vivian Finlay, mais misteriosa ela fica. Primeiro, o arquivo do caso desapareceu, a não ser por um inventário das roupas que ela supostamente estava vestindo quando foi morta, roupas de tênis que parecem ser do tamanho errado. Segundo, uma morte causada por um trem pode de algum modo estar ligada ao caso, e agora o legista e seu acidente de paraquedismo.

"Só algumas coisas", acrescenta Win. "O mínimo de detalhes. Como?"

"O paraquedas não abriu."

"Deveriam ter feito uma autópsia no paraquedas."

"Que tal eu passar tudo isso para você por e-mail?", Sykes diz. "Que tal você próprio ler? Quando você volta para cá?"

Ela se sente muito isolada, abandonada. Ele está lá em cima com aquela promotora pública, os dois virando manchete. Até onde Sykes sabe, Win se envolveu num tiroteio, devia sair da cidade e descer para ajudá-la. O caso é dele. Bem, a sensação não é mais essa. Mas o fato é que o caso é dele. Tipicamente, agora que aconteceu algo sensacional, uma senhora idosa assassinada vinte anos atrás é um assunto descartável. Quem se importa?

"Assim que eu puder", é só o que Win tem a dizer a respeito.

"Eu sei que você está com sérios problemas aí em cima", ela responde do modo mais razoável que consegue. "Mas este caso é seu, Win. E, se eu não voltar para a Academia, o TBI não vai sair do meu pé."

"Se acontecer alguma coisa, eu resolvo", ele diz.

Ele sempre promete isso e até agora não resolveu porcaria nenhuma. Ela passa o tempo todo falando com ele, não estuda nem anda com os outros alunos para discutir o que eles acabaram de aprender em aula, então fica para trás, não entende direito a mais recente tecnologia forense e as novas técnicas investigativas, e continua sem amigos. Sykes reclama e Win diz: *Não se preocupe. Você tem a mim, e sou um ótimo tutor*. Ela diz que não devia se dedicar tanto a um homem que quase tem idade para ser filho dela, e ele diz que não liga para a idade, depois presta atenção em alguma mulher mais nova ou fica obcecado por aquela promotora, Lamont, que é inteligente e bonita, bem, talvez agora seja mercadoria estragada. Não é legal pensar isso, mas muitos homens não querem uma mulher depois que ela foi estuprada.

Sykes examina o caso do legista. O nome dele era dr. Hurt. Faz sentido, seria engraçado se não fosse tão triste. Caiu de uma altura estimada de mil e quinhentos metros, ela lê, sofreu forte trauma na cabeça, cérebro parcialmente expelido, fêmures projetados para dentro dos quadris, esmagou e fraturou isto, rompeu aquilo. A única menção ao paraquedas consiste em uma breve descrição feita por um oficial de polícia que compareceu à cena. Ele disse que o paraquedas parecia estar dobrado incorretamente. Testemunhas afirmaram que o próprio dr. Hurt o dobrou. Levantou-se a possibilidade de que tivesse cometido suicídio.

Colegas e parentes reconheceram que ele estava profundamente endividado e se divorciando, porém alegaram que ele não estava deprimido nem agia de modo estranho — na verdade, parecia estar animado. Sykes já ouviu essa história furada antes, ninguém percebeu nada. Ora, por que será? Se admitissem que havia o mínimo motivo que fosse para se preocupar, talvez se sentissem culpados por estarem tão imersos em suas próprias vidas e não poderem dispor de um instante para se preocupar com outra pessoa. Ela ergue o olhar quando soa uma batida e a porta se abre. A legista-chefe entra, uma mulher pequena, um tanto mirrada, na casa dos cinquenta, óculos de vovó, um avental frouxo de laboratório, estetoscópio ao redor do pescoço.

"Ora, essa é boa", Sykes diz, olhando para o estetoscópio. "É para garantir que estão todos mortos antes de você começar a cortar e serrar?"

A chefe sorri, diz: "Minha secretária pediu para eu checar os pulmões dela. Ela está com bronquite. Só queria conferir se você precisa de alguma coisa".

É mais do que isso.

"Imagino que você não estava aqui quando o doutor Hurt morreu", diz Sykes.

"Eu o substituí. É sobre o quê, exatamente? Por que todo esse interesse?", ela olha de relance para os dois arquivos de caso na mesa.

Sykes não vai contar a ela. "Diversas mortes aparentemente não relacionadas podem ter alguma coisa em comum. Você sabe como é, é preciso olhar tudo", diz.

"Acho que ficou bem claro que foi suicídio. Por que o TBI está envolvido?"

"Não está, não exatamente."

"Então você não está trabalhando no caso?", ela interrompe.

"Estou ajudando. O caso não é meu." Como se Sykes precisasse ser lembrada disso mais uma vez. "Como eu disse, só estou conferindo umas coisas."

"Bem, entendo. Acho que tudo bem. Vou estar no necrotério se você precisar de mim", a chefe diz e fecha a porta atrás de si.

Acho que tudo bem. Como se Sykes fosse uma escoteira.

Então ela pensa no dr. Hurt, cogita sobre o estado mental dele, seu nível de competência profissional, o esforço que fez, considerando que estava ansioso, deprimido e não dava mais valor à vida. Ela se imagina numa situação parecida e tem quase certeza de que esqueceria detalhes importantes, talvez não tentasse com muito empenho, talvez não se importasse. Mantém isso em mente enquanto examina o caso da morte do trem, uma morte com mutilações terríveis que aconteceu num cruzamento ferroviário numa estrada rural de duas pistas, o maquinista do trem de carga afirmou que, ao fazer uma curva fechada por volta das oito e quinze naquela manhã, viu a vítima deitada de bruços nos trilhos e não conseguiu parar o trem a tempo de evitar o atropelamento. O nome da vítima era Mark Holland, um detetive de trinta e nove anos do distrito policial de Asheville.

A viúva de Holland, Kimberly, disse para o jornal que o marido saiu cedo da casa deles em Asheville na noite anterior, com destino a Charlotte, onde ia encontrar alguém, ela não sabia quem, mas "era sobre trabalho". Ele não estava deprimido e a viúva não imaginava motivo algum que justificasse o suposto suicídio, e estava extremamente perturbada, insistindo que ele não teria feito uma coisa dessas, principalmente porque "acabou de ser promovido e estávamos entusiasmados com a ideia de começar uma família".

A autópsia revelou uma laceração na cabeça de Mark Holland e uma fratura subjacente (*Bem, não é surpresa*) que era *consistente com uma queda*.

O dr. Hurt não estava apenas deprimido, pensa Sykes, ele estava com a cabeça em outro lugar, engoliu a sugestão do policial de Charlotte de que Holland estava cruzando os trilhos a pé, talvez a caminho de um encontro secreto com uma testemunha, tropeçou, caiu, bateu a cabeça e ficou inconsciente. O dr. Hurt fechou o caso como acidente.

A cientista forense Rachael — ou "Rake", como Win a chama — coloca a carta sobre uma chapa porosa de metal chamada fixador a vácuo. Ela aciona um interruptor e o vácuo começa a agir.

Ele já a viu mexer no sistema eletrostático de imagem, e às vezes eles dão sorte; recentemente, num caso de sequestro, o pedido de resgate escrito numa folha de papel que obviamente estava embaixo de outra que o sequestrador usara antes para anotar um telefone levou a polícia ao Papa John's Pizza, onde ele fizera um pedido para viagem e pagara com cartão de crédito. Rake, que veste luvas brancas de algodão, ficou feliz quando Win lhe disse que não tinha encostado na carta diretamente com as mãos.

Depois que eles terminarem de procurar marcas no papel, a carta que o homem de cachecol vermelho deixou para Win no Diesel Café vai para o laboratório de digitais, para ser processada com ninidrina ou outro reagente.

"Como estão as coisas em Knoxville?", pergunta Rake, uma bela morena que começou no laboratório do FBI em Quantico, mas após o 11 de Setembro e o Patriot Act decidiu que não queria trabalhar para os federais. "Você vai começar a falar com sotaque de duelo de banjo?"

"Isso é no norte da Geórgia, terra do filme *Amargo pesadelo*. Não tem duelos de banjo em Knoxville, só um cor de laranja gritante espalhado por toda parte."

"Caça?"

"Futebol americano. Universidade do Tennessee."

Rake cobre a carta e a chapa com um filme plástico que faz Win pensar naqueles usados para embalar comida.

"Win?", ela diz sem erguer os olhos. "Parece banal dizer isso, mas lamento muito o que aconteceu."

"Obrigado, Rake."

Ela passa pela superfície o que chama de descarga de corona. Win sempre sente cheiro de ozônio quando ela faz isso, como se fosse chover.

"Não importa o que dizem. Você fez a coisa certa", ela acrescenta. "Não vejo como alguém pode questionar isso."

"Eu não sabia que tinha alguém questionando", ele diz, tomado por uma de suas sensações incômodas.

Ela inclina a bandeja, derrama bolinhas revestidas de *toner* sobre o documento coberto pelo filme e diz: "Ouvi no rádio no meu intervalo".

A carga eletrostática faz com que o *toner* migre para pequenas marcas de relevo que não são visíveis a olho nu, áreas do papel com danos microscópicos causados pela escrita.

"Vamos. Diga", Win fala, mas já sabe.

Estão fodendo com ele.

"Lamont disse que você está sendo investigado, como se talvez o tiro não fosse justificado. Amanhã vai ter uma grande reportagem, e já estão fazendo chamadas para divulgar." Ela olha para ele, acrescenta: "Que tipo de gratidão é essa?".

"Talvez o tipo que eu esperava", ele diz enquanto imagens latentes surgem num tom fraco de preto, palavras parciais, confusas.

Rake não fica impressionada, aponta algo na carta de ameaça que o homem de cachecol vermelho deixou para Win e decide: "Acho melhor tentarmos tratamento em 3D".

Toby Huber está com frio, tremendo, sentado na sacada do Winnetu Inn em South Beach, Edgartown, fumando um baseado, olhando para o mar, pessoas de calça comprida e jaqueta andando pela praia.

"Tenho certeza de que foi parar em algum lugar, só não sei onde, exatamente", ele diz ao celular, irritado, mas com um barato legal na cabeça. "Desculpa, cara. Mas a esta altura não importa."

"Isso não é você quem decide. Tente pensar pelo menos uma vez."

"Olha, eu já disse, o.k.? Deve ter sido quando joguei tudo fora em sacos de lixo, sei lá. E tudo mesmo, incluindo toda a comida da geladeira, toda a cerveja, tudo. Carreguei o lixo uns oito quilômetros até uma lixeira atrás do... de algum restaurante, não lembro qual. Cara, está um gelo aqui. Eu olhei várias vezes e não está aqui. Você precisa relaxar, senão vai ter um derrame..."

Uma batida vem de dentro da suíte, e então a porta se abre, a camareira se assusta quando Toby volta para o quarto e olha bravo para ela.

"Que parte de *Não Perturbe* você não entende?!", ele grita.

"Desculpe, senhor. O cartão não está na porta." Ela desaparece depressa.

Toby volta para a sacada, puxa uma tragada: "Eu vou

cair fora. Entendeu? Vou para um lugar quente. Aqui é o maior tédio. Você já me fez passar por muita coisa, e é bom que tenha valido a pena".

"Ainda não. Vai parecer suspeito se você de repente pegar um voo para Los Angeles. Você precisa ficar de molho mais uns dias. Precisamos garantir que ele não esteja em algum lugar onde possa ser encontrado e nos colocar em uma tremenda encrenca. Pense, Toby!"

"Se está em algum lugar, ainda está dentro do apartamento. Não sei..." Uma ideia. Ele não tem certeza de que conferiu embaixo da cama, menciona isso, acrescentando: "Tipo, quando eu estava lendo, posso ter enfiado lá. Por que você mesmo não vai lá conferir?".

"Já fiz isso."

"Então, se você está tão encanado, vai conferir de novo!"

"Pense! Onde foi que você o viu pela última vez? Tem certeza de que não deixou no escritório?"

"Eu já disse. Levei comigo, tenho certeza disso porque eu estava lendo."

"Eu não mandei você levar para ler!"

"Tá, você já disse isso umas cem vezes, agora pode ficar quietinho, o.k.?"

"Você pôs ele no seu carro, levou até lá? O quê? Lendo na cama? Pra quê, pra olhar as fotos? Você está maluco! Onde estava da última vez que você viu?"

"Eu mandei você ficar quieto, pare de agir que nem uma velha histérica. Vai ser meio difícil eu ir olhar. Então fica à vontade, pode procurar quanto quiser. Talvez eu não tenha olhado direito, o.k.? Ele ficou em vários lugares quando eu estava lá. Numa gaveta, numa pilha do lado da cama, embaixo do travesseiro. Uma hora eu deixei num cesto de roupa suja. Ou talvez na secadora..."

"Toby, tem certeza de que não levou com você para Martha's Vineyard?"

"Quantas vezes você vai perguntar isso?! Que diferença faz? E daí se sumiu? Afinal nada saiu do jeito que devia."

"Bem, nós não *sabemos* se sumiu, sabemos? E isso é um problema, um problema muito sério. Era para você ter deixado em um lugar onde ele pudesse ser encontrado. A última coisa a fazer antes de partir. Mas você não fez isso. Ignorou completamente minhas ordens."
"Então provavelmente acabou indo pro lixo, o.k.? Deve ter acontecido quando eu limpei tudo." Ele dá outro trago. "Sabe como é, eu estava com um monte de coisa na cabeça, né? E ele estava sempre querendo saber do dinheiro, disse que era melhor eu pagar adiantado, e eu disse metade adiantado, e aí você demorou um tempão para arranjar o dinheiro pra mim..."
"Como foi que eu arranjei um cara que nem você?"
Prendendo fumaça. Soltando. "Você deu sorte. Até agora. Mas isso pode mudar, você sabe."

Rake está perdida num mundo de software, pixels e faixas Z e histogramas, ajustando a câmera, dando zoom, girando a imagem, manipulando ângulos de luz, reflexo superficial, realce de contornos, enquanto Win olha para a grande tela plana, observando formas vagas em 3D ampliadas.
Ele começa a ver uma palavra, talvez números.
"Um *e*, um *r*, um *a*, minúsculos?", ele sugere. "E três e noventa e seis?"
Tem mais. Ela continua mexendo no programa, palavras e números vão se materializando. Estranhos, quase sobrepostos.
"Mais de um bilhete deixou marcas de escrita?", cogita Win.
"É isso que estou achando", Rake diz. "Podem muito bem ser marcas diferentes em folhas diferentes do mesmo bloco de papel. Você escreve um bilhete, então na página de baixo escreve outro, e a pressão da caneta ou do lápis no papel é forte o bastante para criar uma imagem em relevo várias folhas abaixo."

Ela mexe mais um pouco e eles leem o que conseguem entender: *exclusividade de mercado por três anos*, o.k., e, parcialmente sobreposto a isso, sugerindo que foi escrito numa folha separada, *$8,96* e o que parece ser *subindo de uma previsão anterior de $6,11*.

10

Monique Lamont está sentada numa cozinha de mármore e cerejeira na rua Mount Vernon, em Beacon Hill, um dos endereços mais caros e cobiçados de Boston. Ela está bebendo seu primeiro martíni do dia, sem gelo, com Grey Goose e uma azeitona recheada, em um copo que tirou do freezer.

Veste jeans e uma camisa folgada de sarja. O agasalho esportivo que estava usando antes está na lixeira atrás do prédio de tijolos do século xix, onde o apartamento estava muito bem escondido até aquela manhã, quando Sammy revelou o lugar às tropas, insistindo que a polícia patrulhasse a área, insistindo que ela não podia ficar em sua casa de Cambridge, não agora, não que ela quisesse. Ela sempre vai ter na mente a imagem da porta dos fundos, a caixa de chaves, o galão de gasolina. Sempre vai vê-lo no quarto, o revólver apontado para a cabeça dela enquanto ele fazia o que queria, enquanto a recriava em sua própria imagem — uma criatura pequena, imunda, um nada, um ninguém.

"Queria eu mesma ter matado ele", ela diz.

Huber está sentado diante dela à mesa, bebendo sua segunda cerveja. Ele tem dificuldade em encará-la, seu olhar interrompido como se os músculos de seus olhos de repente estivessem dormentes.

"Você precisa superar isso, Monique", ele diz. "Sei que é fácil falar. Mas você não está pensando direito. Nem poderia estar, nessas circunstâncias."

"Cale a boca, Jessie. Se isso algum dia acontecer com você, você vai se ver uivando para a lua. Então vai entender como eu me sinto."

"Que adianta você arruinar todo o resto da sua vida? Você não devia ter contado a eles sobre este apartamento."

"E ia fazer o quê? Recusar proteção policial sem saber quem está por trás do que aconteceu, quem encomendou o serviço?"

"Não temos certeza de que alguém encomendou."

"Ir para um hotel? Entrar no lobby, encontrar a mídia aos bandos, esperando para me devorar?"

"Foi você que procurou a mídia", ele diz num tom sombrio, seus olhos se mexendo de um lado para o outro, de um jeito frio e calculista. "Agora precisamos pegar a merda que você fez e transformar em caviar."

Ele tem as piores metáforas e analogias entre todas as pessoas que Lamont já conheceu. Ela diz: "Por que você deixou? Você podia ter dito a ele que o laboratório de documentos estava indisponível, que Rachael não estava lá, estava ocupada, qualquer coisa. Foi burrice, Jessie".

"Win sempre foi membro especial do Clube do Laboratório Criminal. Ele é esperto demais. Se eu começasse a dar desculpas, teria percebido na hora que havia alguma coisa estranha. Ele confia em mim como em um pai."

"Então ele não é tão esperto quanto você pensa." Ela dá um gole no martíni, seca o copo, come a azeitona.

"E você é uma esnobe de Harvard." Huber se levanta, abre o freezer, tira a Grey Goose, um copo gelado, faz outro martíni para ela, esquece a azeitona.

Ela vê a bebida que ele põe na mesa, olha fixamente para o copo até Huber se lembrar da azeitona.

"Sabe qual é o Q.I. desse cara?", ele diz de dentro da geladeira. "Mais alto que o seu e o meu juntos."

Ela repassa na mente aquela cena imperdoável, Win vendo-a, entregando-lhe o paletó, dizendo a ela para respirar fundo. Lembra-se dele vendo-a nua, impotente e humilhada.

"Ele só não consegue fazer provas, é uma desgraça", Huber continua, abre outra cerveja. "Terminou o colegial com as notas mais altas, orador da turma, tinha a maior perspectiva de sucesso, melhor aparência, era melhor em tudo, a não ser um detalhe. Foi reprovado nos testes para a universidade. Depois, foi reprovado nos exames de admissão para direito. Ele não consegue fazer provas. Alguma coisa acontece com ele."

Win não apareceu na redação do *Globe*. Ele a desafiou. Não tem respeito por ela depois que a viu...

"Ouvi dizer que há pessoas assim." Huber senta-se outra vez. "Brilhantes, mas incapazes de fazer provas."

"Não estou interessada nas deficiências de aprendizagem dele", Lamont diz. "O que exatamente Win descobriu no laboratório?" A vodca deixou sua língua maior, menos ágil, suas ideias balbuciantes. "Ou o que ele acha que descobriu?"

"Ele provavelmente não sabe o que significa. Não pode provar nada, de qualquer modo."

"Não foi isso que eu perguntei!"

"Anotações de uma conversa por telefone com meu corretor."

"Oh, Deus."

"Não se preocupe. Eles não vão encontrar digitais, nada que ligue aquela carta a mim. Se tem uma coisa que eu conheço, é ciência forense." Ele sorri. "Win provavelmente acha que foi você. Deve achar que você está por trás de tudo. Deve achar que foi Roy quem o chamou de *mestiço*." Huber ri. "Isso sim o deixou puto."

"Outra de suas decisões impulsivas e arriscadas."

Ele não perguntou para ela, apenas fez. Depois lhe contou, porque, quanto mais ela sabe, mais envolvida está. Essa é a estratégia dele desde o começo.

"O resultado foi exatamente o que eu previ." Huber bebe sua cerveja. "Você o ameaça, o insulta, tenta assustá-lo para fazer com que largue o caso, e ele o abocanha com toda a força, como um pit-bull."

Ela fica em silêncio, bebe o martíni, sem saída.

Diz: "Não era preciso. Ele já é um pit-bull de qualquer jeito".

"Foi culpa sua por ter insistido em falar com ele pessoalmente e não por telefone. Você devia ter deixado Win lá embaixo, em Knoxville." Ele faz uma pausa, seu rosto se contrai. "Você deve ter uma quedinha por ele. É o que parece."

"Vá para o inferno, Jessie."

"É claro, foi muita sorte ele estar aqui. Providência divina, seu anjo da guarda, recompensa, tanto faz", ele continua, indelicado e indiferente. "Win ficou puto e veio ver você. No fim, meu pequeno plano acabou prestando um grande favor a todos nós. Você ainda está viva, Monique."

"Não fique tão decepcionado."

"Monique..."

"Não estou brincando." Ela o encara, não vacila, percebe que passou a odiá-lo, a desejar seu mal, sua ruína, pobreza, morte. Então: "Não quero Toby de volta. Ele é inútil. Já chega desse favor. Chega de favores em geral".

"Ele também não aguenta trabalhar para você."

"Cansei de você, Jessie. Cansei de você faz tempo."
A vodca está diminuindo sua inibição. Ele que vá para o inferno. "Eu já disse que não vou mais participar dessa história. Não estou brincando. Não vale a pena."

"É claro que vale. Você conseguiu o que queria, Monique. O que você merece", ele diz, e não há dúvida quanto a que se refere.

Ela o encara, chocada. "O que eu mereço?"

Ele olha de volta.

"Eu mereço *aquilo*? Você está dizendo que eu mereço *aquilo*! Seu canalha!"

"Eu quis dizer que você trabalhou duro, devia receber alguma coisa em troca." Desta vez os olhos dele não se mexem. Estão fixos nela, impassíveis, vazios.

Ela começa a chorar.

Está escuro agora, é lua nova.

Win abre a porta do velho Buick de Nana, parado no meio da rua, e observa Miss Dog perambular sem rumo mais uma vez, os faróis brilhando em seus velhos olhos cegos.

"Agora chega. Fim", Win diz, furioso. "Vem cá, garota", ele chama, assobiando. "Vem, Miss Dog. O que você está fazendo na rua de novo, hein? Ela se esqueceu de fechar a porta? Deixou você sair, ficou com preguiça de levantar aquela bunda gorda e ver se você voltou? O boçal do genro dela chutou você de novo?"

Miss Dog está com o rabo mole, a cabeça baixa. Ela deita de barriga no chão, como se tivesse feito algo errado. Win a levanta com cuidado, continua falando, sem saber se ela consegue ouvi-lo, coloca-a dentro do carro, dá a partida, lhe diz aonde está indo e o que vai acontecer depois. Talvez ela escute, talvez não. Ela lambe a mão dele. Ele estaciona atrás da casa de Nana, os sininhos de vento estão batendo de leve, a noite está limpa, o ar fresco quase imóvel, os sinos tocam baixinho como se contassem segredos, ele destranca a porta dos fundos, carregando Miss Dog nos ombros como um saco de batatas peludo.

"Nana?"

Ele segue o som da TV.

"Nana? Temos um novo membro na família."

Faz mais de uma hora que Sykes está ao telefone, sendo passada de um veterano para outro. Vinte e três anos são uma eternidade. Por enquanto, ninguém no distrito policial de Asheville se lembra do detetive Mark Holland.

Ela digita outro número enquanto dirige rumo a oeste, em direção a Knoxville, confusa com os faróis de carros que se aproximam, o que a faz lembrar que envelhecer é uma sacanagem. Ela não enxerga mais droga nenhuma, não consegue ler um cardápio sem óculos, sua visão noturna é péssima. *Malditas empresas aéreas. Malditos atrasos e cancelamentos*. O único carro de aluguel que restava, com quatro cilindros, tinha o vigor de um peixe-boi.

"Estou tentando falar com o detetive Jones", ela diz ao homem que atende o telefone.

"Faz bastante tempo que não me chamam assim", a voz diz num tom agradável. "Quem é?"

Ela se apresenta, diz: "Pelo que entendi, o senhor era detetive no distrito de Asheville nos anos oitenta, e queria saber se o senhor se lembra de outro detetive, chamado Mark Holland".

"Não muito bem, porque só fazia alguns meses que ele era detetive quando morreu."

"O que o senhor lembra a respeito da morte dele?"

"Só que ele tinha ido a Charlotte supostamente para entrevistar uma testemunha num caso de roubo. Se quer saber minha opinião, não foi acidente. Acho que ele não queria tirar a própria vida num lugar onde um de nós tivesse que lidar com o caso dele."

"O senhor faz alguma ideia do motivo que o levaria a tirar a própria vida?"

"Pelo que eu ouvi, ele estava sendo traído pela mulher", Jones diz.

Nana está dormindo no sofá, vestindo seu roupão comprido, preto, seus longos cabelos brancos soltos e espalhados pela almofada, Clint Eastwood na TV, salvando o dia de alguém com seu poderoso trabuco.

Win põe Miss Dog no chão e na mesma hora ela repousa a cabeça no colo de Nana. Os bichos sempre reagem assim a ela. Nana abre os olhos, olha para Win, lhe estende a mão.

"Meu querido." Beija o rosto dele.

"Seu alarme estava desligado outra vez. Por isso não tenho escolha senão te dar um cão de guarda. Esta é a Miss Dog."

"Bem-vinda, amiga Miss Dog." Ela acaricia a cachorra,

puxa suas orelhas de leve. "Não se preocupe, Miss Dog. Ela não vai achar você aqui. Aquela mulher malvada, eu vejo muito bem quem ela é, está precisando de uns dentes, não é?" Nana faz carinho em Miss Dog. "Não se preocupe, pequenina", diz, indignada. "Eu tenho meu jeito de lidar com pessoas como ela."

Se você quer despertar a ira de Nana, trate mal um bicho, instigue-a a sair em uma de suas missões misteriosas tarde da noite e jogar 999 moedas no quintal de uma pessoa ruim, em um tributo à velha deusa anciã Hécate, que sabe como cuidar de pessoas cruéis.

Miss Dog dorme pesado no colo de Nana.

"O quadril dela dói", diz. "Artrite. Problema de gengiva, dor. Deprimida. A mulher vive gritando com ela, aquela grandalhona infeliz, não é boa gente, trata a cachorra como trata a si mesma. Terrível. Pobre bebê." Nana faz carinho na cachorra, que ronca. "Fiquei sabendo de tudo", ela diz a Win. "Está dando direto na TV, mas você está bem." Nana segura as mãos dele. "Lembra quando seu pai bateu naquele homem que morava três ruas para lá?" Ela aponta. "Ele não teve escolha."

Win não sabe direito do que ela está falando, para variar. O mundo dela nem sempre é óbvio ou lógico.

"Você tinha quatro anos e o filho desse homem... ele tinha oito... empurrou você no chão e começou a chutar, xingando você de coisas horríveis, xingando seu pai de coisas horríveis, coisas racistas, e, nossa, quando seu pai descobriu, foi até a casa deles e resolveu a questão."

"Foi o papai que começou?"

"Não. Mas ele terminou. Isso acontece. E você está bem. Se você voltar e procurar, vai encontrar uma faca."

"Não, Nana. Foi um revólver."

"Tem uma faca. Sabe, do tipo com um cabo que tem uma coisa." Ela desenha no ar. Talvez esteja falando de uma faca com guarda, como uma adaga. "Procure. O homem que você matou, não precisa se sentir culpado por isso. Ele era muito ruim, mas tem outro. Ele é pior.

Malvado. Coloquei mel num *muffin* hoje de manhã. O Tennessee é um lugar puro com muitas pessoas boas, não necessariamente boa política, mas boas pessoas. As abelhas não ligam para política, por isso gostam de lá, ficam contentes fazendo seu mel."

Win ri, se levanta. "Acho que vou descer até a Carolina do Norte, Nana."

"Ainda não. Você tem um assunto para resolver aqui."

"Você pode ligar o alarme, por favor?"

"Tenho meus sininhos de vento. E Miss Dog", ela diz. "Hoje a lua está alinhada com Vênus, entrou em Escorpião. Os enganos proliferam, querido. Sua percepção está velada, mas isso está prestes a mudar. Volte à casa dela e você vai descobrir do que estou falando, e outra coisa também." Ela desvia o olhar, diz: "Por que estou vendo um cômodo pequeno com caibros no teto? E uma escada estreita, talvez de madeira compensada?".

"Deve ser porque ainda não consegui limpar o seu sótão", ele diz.

11

Na manhã seguinte, Sykes e Tom, o diretor da Academia Forense Nacional, andam agachados pela grama feito caranguejos, recolhendo cartuchos.

No estande de tiro do distrito policial de Knoxville, até os poderosos têm que recolher seus cartuchos, e espera-se que todos honrem o privilégio de frequentar a Academia. Aparecer nas aulas é o mínimo. Sykes dormiu pouco e está deprimida. Vê de relance seus colegas de classe, quinze homens e mulheres de calça cargo azul, camisa polo e boné, devolverem armas de fogo e munição ao carrinho de golfe, encerrando uma sessão que começou às oito da manhã, com análise de trajetória, ejeção de cartucho, marcação de provas com bandeirinhas laranja e fotografação de cenas de crime simuladas.

Sykes sente-se humilhada, desanimada, está certa de que os outros alunos a evitam, não têm respeito por ela. Eles devem achar que é uma investigadora boa-vida, que aparece quando alguma coisa divertida vai acontecer, como atirar com a AK-47, a Glock, a *riot gun* calibre 12, destroçando o que ela chama de *canalhas feiosos*, seus favoritos, porque é muito mais gratificante detonar um brutamontes de papel que está apontando uma pistola para ela do que acertar na mosca de um alvo redondo. Ela joga vários cartuchos usados no balde de plástico que divide com Tom, o ar úmido e pesado, as Smoky Mountains ao longe cobertas de névoa, esfumaçadas como diz o nome.

"Por enquanto não está pegando bem para o distrito

de Knoxville." Ela está tentando explicar, o suor escorrendo para dentro de seus olhos.

"Ontem foi traumatismo contuso e lesões-padrão", diz Tom, jogando outro cartucho, que faz *plim* dentro do balde.

"Engraçado", ela diz, repartindo a grama, tirando mais cartuchos. "Foi disso que ela morreu. Traumatismo contuso." *Plim.* "E ela tinha lesões-padrão." *Plim.* "Win diz que ela tinha perfurações no crânio, como se alguém a tivesse atacado com um martelo." *Plim.* "Então estou aprendendo de qualquer modo, mesmo faltando nas aulas."

"Você perdeu mortes por abuso de drogas. Síndrome da morte súbita infantil. Abuso de crianças", Tom continua, avançando pela grama, jogando mais cartuchos dentro do balde.

"Você sabe que eu vou compensar." Ela não tem certeza se consegue, e Win não está lá para ajudá-la.

"Você precisa." Tom fica de pé, alonga as costas, seu rosto jovem está sério, talvez mais sério do que ele se sente de fato.

Ele não é o cabeça-dura que finge ser. Sykes sabe. Ela o viu com os filhos.

"E quanto ao distrito policial, o que eles têm lá?", Tom pergunta.

Sykes explica sobre o porão de Jimmy Barber, sobre um arquivo de caso que nunca deveria ter sido levado para casa e agora está desaparecido, conta a ele sobre o que está parecendo uma investigação incrivelmente descuidada e burra, sobre um homicídio incrivelmente brutal. É um pouco dramática, enfática, esperando que ele entenda a importância do que está fazendo em vez de focar o que está deixando de fazer.

"Não quero queimar o filme de ninguém", ela diz. "E se eu simplesmente largar tudo e for embora? Eu e Win."

"Não dê desculpas por ele. Win pode responder por si mesmo. Isso se voltarmos a vê-lo. E o caso é dele, Sykes. Foi o departamento dele que o designou."

O caso pode ser dele, mas a sensação não é essa. Parece que ela é que está fazendo todo o trabalho.

"E você não vai queimar o filme do distrito de Knoxville. Isso foi há muito tempo, Sykes. A polícia mudou drasticamente nos últimos vinte anos. Naquela época eles só tinham tecnologias de identificação, nada parecido com isto." Ele olha seus alunos ao redor.

"Bem, não acho que eu possa dar as costas e ir embora", ela diz.

"Os alunos da nossa Academia nunca dão as costas e vão embora", diz Tom, quase gentil. "Veja só. Amanhã teremos lesões de tiro, vamos trabalhar com bonecos de gelatina balística."

"Que droga." Ela gosta de atirar nos homens de geleia, como ela os chama, ainda mais que nos canalhas feiosos.

"Não é tão importante quanto outras coisas, posso deixar passar, colocar você de volta no estande outra hora. Mas a semana que vem inteira é sobre análise de manchas de sangue. Isso você não pode perder."

Ela tira seu boné azul-escuro, limpa o suor da testa, observa os outros alunos andando rumo ao ginásio, rumo aos caminhões, rumo a seus futuros.

"Você tem até segunda", ele diz.

"Nada", Win anuncia enquanto desce a escada de madeira, que range, lembrando como ela rangeu alto apenas poucos dias atrás, quando sua vida inteira mudou.

"Eu disse a você. Nós brincamos mesmo de detetive e vasculhamos a casa depois do ocorrido", Sammy diz, sentado numa poltrona junto a uma lareira coberta por um mosaico de vidro. "Nenhuma outra área da casa foi envolvida. Bate com o que ela disse. Ele entrou por trás, obrigou Lamont a subir até o quarto e foi só isso, graças a você."

"Não foi só isso, infelizmente." Win olha ao redor.

O fetiche de Lamont por vidro não se limita ao escritório dela. Win nunca viu nada parecido. Todos os lustres são do mesmo tipo daquele que ele estilhaçou no quarto, uma exótica meia-lua suspensa por uma corrente de ferro forjado, pintada a mão em cores vivas, com assinatura de Ulla Darni, caríssimos. A mesa de jantar é de vidro, e há travessas e estatuetas de vidro, espelhos de vidro decorado e vasos por toda parte.

"Você sabe o que estou dizendo." Sammy se levanta devagar, suspira, como se estivesse cansado demais para se mexer. "Caramba. Preciso de costas novas. Está satisfeito? Podemos ir agora?"

"Ela tem uma garagem", Win lembra.

"Já estive lá. Não tem nada."

"Eu não estive lá."

"Como você quiser", diz Sammy, dando de ombros, e eles saem pela porta.

No fim do século XIX, aquilo era uma casa de carruagens, com paredes de tijolo e telhado de ardósia, agora um pouco surrada e escondida pelos galhos baixos de um velho carvalho. Sammy encontra a chave da porta lateral, percebe que a fechadura está quebrada, foi arrombada.

"Não estava assim quando estive aqui..." Sammy saca sua arma. Win já sacou a dele.

Sammy abre a porta com um empurrão e ela bate contra a parede de dentro. Ele baixa a pistola, coloca-a de volta no coldre. Win baixa a sua calibre 357, fica parado na soleira da porta, olha ao redor, nota manchas de óleo no concreto, nota marcas de pneus sujos, o que se espera dentro de uma garagem. Há ferramentas de quintal e jardim comuns penduradas em painéis de madeira, e num canto há um cortador de grama, um carrinho de mão e um galão plástico de gasolina, cheio até a metade.

"Não parece que a gasolina tenha vindo daqui", comenta Sammy.

"Nunca achei que tivesse vindo", responde Win. "Quem planeja incendiar um lugar geralmente traz seu próprio combustível."

"A não ser que seja um serviço interno, como uma

situação de violência doméstica. Já vi um monte desses casos."

"Dessa vez não é isso. Roger Baptista com certeza não era uma situação de violência doméstica", Win diz, olhando uma corda que pende do teto de vigas expostas, uma escada de puxar.

"Você já conferiu?", pergunta Win.

Sammy ergue o olhar para onde Win está olhando e diz: "Não".

As janelas da imponente casa em estilo Tudor brilham ao sol, o rio Tennessee é de um azul intenso, curvando-se graciosamente nas duas direções até onde Sykes consegue ver. Ela sai de seu velho Volks Rabbit, imagina que parece uma corretora de imóveis de meia-idade, inofensiva, vestindo um terno de sarja.

O executivo que é dono da casa onde Vivian Finlay foi assassinada não está, Sykes conferiu, pergunta a si mesma se alguém chegou a contar a ele que vinte anos atrás uma senhora de setenta e três anos foi espancada até a morte dentro de sua luxuosa casa. Se contaram, ele não deve se importar. É interessante. Sykes não moraria num lugar onde alguém foi assassinado, nem se o ganhasse de presente. Ela começa a andar em volta da casa, imaginando como o assassino da sra. Finlay entrou.

Há a porta da frente, e em ambos os lados da casa há diversas janelas, porém pequenas, e é difícil imaginar alguém entrando por uma janela no meio desta vizinhança em plena luz do dia. Outra porta mais perto dos fundos parece levar ao porão, há mais uma porta virada para o rio, e pelas janelas dos dois lados ela vê uma bela cozinha moderna de azulejo e granito, com aparelhos de inox.

Sykes fica parada no quintal, olhando as flores e árvores viçosas, o muro baixo construído com pedras do rio, depois o cais e a água. Ela observa uma lancha que passa roncando, puxando um esquiador montado num cachorro-quente inflável, liga para um número que guardou no celular enquanto dirigia até lá depois de uma aula da Academia que talvez seja a última a que assistiu.

"Sequoyah Hills Country Club", responde uma voz educada.

"Administração, por favor", Sykes diz. A ligação é transferida. "Missy? Oi. Agente especial Delma Sykes de novo."

"Bem, posso lhe dizer o seguinte", diz Missy. "Vivian Finlay pertenceu ao clube de abril de 1972 até outubro de 1985..."

"Outubro? Ela morreu em agosto", Sykes interrompe.

"A família deve ter cancelado a matrícula só em outubro. Estas coisas podem demorar um pouco, sabe como é, as pessoas nem pensam nisso."

Sykes se sente uma idiota. O que ela sabe sobre esse clube ou qualquer outro?

"Ela tinha um plano completo", Missy explica, "o que significa que incluía tênis e golfe."

"O que mais você tem nesse arquivo?", Sykes pergunta, sentada no muro, desejando poder ver água sem invadir propriedades nem sair de férias. Deve ser interessante ter tanto dinheiro a ponto de ter acesso particular a um rio.

"Perdão?"

"Digo, velhas contas detalhadas que possam fornecer detalhes a respeito do que ela comprava e fazia, sabe? Por exemplo, ela alguma vez comprou roupas de tênis na loja de artigos esportivos?"

"Nós não jogamos fora os arquivos do clube, mas eles não ficam aqui no escritório. Temos um centro de arquivamento..."

"Preciso das contas antigas dela, todas as de 85."

"Minha nossa, vasculhar vinte anos de contas. Isso pode levar..." Desânimo, ouve-se um suspiro.

"Eu ajudo você a procurar", Sykes diz.

O andar de cima da garagem de Lamont foi convertido num quarto de hóspedes que não parece ter sido usado, exceto pelas pegadas e um pouco de terra deixada por pés no carpete marrom-escuro. Pés grandes, Win nota. Dois padrões de passos diferentes.

As paredes são pintadas de bege e decoradas com diversas gravuras assinadas — veleiros, paisagens marítimas. Há uma única cama coberta com um lençol marrom, um criado-mudo, uma pequena cômoda, uma cadeira giratória, e uma escrivaninha sem nada em cima, exceto um mata-borrão, um abajur verde de vidro e um abridor de cartas de latão que parece uma adaga. Os móveis são de madeira barata. Um pequeno banheiro com uma lavadora e uma secadora empilhadas, muito arrumado e limpo, parece desabitado, exceto, é claro, pelas marcas de sapatos por todo o carpete.

"Que tem aí em cima?", Sammy grita de baixo da escada de madeira compensada. "Quer que eu suba?"

"Não precisa e não tem espaço", Win diz, olhando pela abertura para o topo da cabeça grisalha de Sammy. "Não parece que alguém tenha ficado aqui, trabalhado. Ou foi embora e limpou tudo muito bem. Com certeza, alguém andou por aqui, talvez mais de uma pessoa."

Win tira do bolso um par de luvas de látex, veste-as, começa a abrir gavetas, todas elas. Ele fica de quatro, procura embaixo da cômoda, procura embaixo da cama, algo lhe diz para olhar por tudo, sem saber direito o que nem por que está procurando, exceto que, se alguém entrou e saiu do quarto, obviamente depois da última vez em que foi limpo e aspirado, por que o teria feito? E quem arrombou a porta trancada lá embaixo? Será que alguém veio aqui depois que Lamont foi quase assassinada? Se veio, o que estava procurando? Ele abre um armário, abre portas embaixo das pias na pequena cozinha e no banheiro, fica parado no meio da sala, olha ao redor mais um pouco, sua atenção se concentra no forno. Anda até ele e abre a porta.

Na grade inferior do forno há um envelope pardo grosso com o endereço manuscrito do escritório do legista e um endereço de remetente de Knoxville, vários selos colados com pressa, tortos, mais selos que o necessário.

"Jesus Cristo", ele diz.

O envelope foi rasgado, e ele olha para o abridor de cartas na escrivaninha, o que lembra uma adaga. Tira do envelope um arquivo de caso, uma pasta grossa presa com elásticos.

"O que é isso?!", exclama.

Win ouve os pés de Sammy na escada.

"O caso. Estava aqui com ela o tempo todo." Então ele não tem mais tanta certeza. "Ou com outra pessoa."

"Hã?" O rosto perplexo de Sammy surge na abertura.

"O arquivo do caso Finlay."

Sammy segura no corrimão de corda, para de subir, diz "Hã?" outra vez.

Win lhe mostra o arquivo, diz: "Faz três meses que ela está com ele. Desde antes de eu começar a Academia, antes mesmo de ela me contar que eu ia pra lá. Cristo".

"Isso não faz sentido. Se o distrito de Knoxville mandou o arquivo para ela, eles não teriam mencionado isso quando você começou a procurar?"

"Não tem nome." Win está lendo a etiqueta outra vez. "Só o endereço, que eu não reconheço. O carimbo é de 10 de junho. O código postal é 37921, Western Avenue... área de Middlebrook Pike. Espere."

Ele liga para Sykes, consegue a resposta que queria, fica calmo como sempre acontece quando tudo está se desvelando. O endereço do remetente é de Jimmy Barber.

"Parece que a zagueira de futebol americano fuçou o porão muito antes de você", Win diz para Sykes. "Mandou o arquivo Finlay para cá, onde ficou escondido num forno."

"O quê? A megera mentiu pra mim!"

"Isso depende. Você chegou a dizer a ela exatamente o que procurava?", Win pergunta.

Silêncio.

"Sykes? Você está aí? Você disse a ela?"
"Bem, não exatamente", ela responde.

Às duas e meia, ele estaciona o velho Buick de Nana atrás da casa dela, consegue ver os sininhos de vento à luz do dia, seus longos tubos ocos mexendo-se nas árvores e pendurados nos beirais, não tão mágicos quanto à noite.

Outro carro está estacionado perto do aro de basquete, quase escondido nos arbustos, um velho Miata vermelho. Ele precisa de um telefone fixo e seu apartamento não parece boa ideia. Ele tem uma sensação estranha a respeito dele e decidiu agir de acordo. Não seria exagero supor que policiais estejam patrulhando seu bairro, ou alguém que arromba fechaduras. Bate na porta dos fundos, entra na cozinha, onde Nana está sentada de frente para uma jovem aflita que está cortando o baralho de tarô em três montes. Nana fez chá quente, uma especialidade da casa, com pau de canela e tiras frescas de casca de limão. Ele nota um frasco de mel do Tennessee no balcão, uma colher ao lado.

"Adivinhe o que experimentamos, querido", Nana diz a ele, estendendo a mão para pegar uma carta. "Seu mel especial feito por abelhas alegres. Esta é Suzy. Estamos cuidando desse marido dela que acha que não precisa obedecer à ordem de restrição."

"Ele foi preso?", Win pergunta a Suzy, que tem vinte e poucos anos, um aspecto delicado, o rosto inchado de chorar.

"Meu menino é detetive", Nana diz com orgulho, bebendo o chá enquanto unhas estalam no piso e Miss Dog entra.

Win senta no chão, começa a fazer carinho nela, Miss Dog quer que ele coce sua barriga, e Suzy diz: "Duas vezes. Não adianta nada. Matt simplesmente paga a fiança, aparece que nem ontem à noite na casa da minha mãe, esperando atrás da cerca, e vem me atormentar quando estou saindo do carro. Ele vai me matar. Eu sei. As pessoas não entendem".

"Quanto a isso, nós veremos", avisa Nana.

Win lhe pergunta onde a mãe dela mora, percebe que Miss Dog melhorou muito. Seus olhos cegos parecem cheios de luz. Ela parece estar sorrindo.

"Ali no fim da rua", Suzy lhe responde surpresa. "Você devia saber." E olha para Miss Dog.

Ele entende. A mãe de Suzy é a dona de Miss Dog. Faz sentido. "Miss Dog não vai a lugar algum", ele diz, e ponto-final.

"Não me importo, não vou dizer nada. Minha mãe a trata muito mal. Matt é pior. Eu sempre digo para ela a mesma coisa que você. Ela vai ser atropelada."

"Miss Dog está bem", Nana diz. "Dormiu na minha cama ontem à noite com os dois gatos."

"Então sua mãe não protege você do Matt." Win se levanta do chão.

"Não tem nada que ela possa fazer. Ele fica passando na frente da casa dela o tempo todo. Entra na casa se quiser. Ela não faz nada."

Win vai até a sala para usar o telefone. Senta entre os cristais e badulaques místicos da avó e pede para falar com o dr. Reid, um geneticista que trabalha para o laboratório de DNA na Califórnia que está analisando as roupas ensanguentadas do caso Finlay. Ele ouve que o dr. Reid está ao telefone, e pode ligar de volta para Win em meia hora. Ele sai, começa a andar em direção à casa de Miss Dog, à antiga casa dela. Ele já viu Matt antes, tem quase certeza, pequeno, gordo, várias tatuagens, o típico valentão agressivo.

Seu celular toca. Sykes.

"Não me atrapalhe. Estou prestes a entrar numa briga", ele diz.

"Vou ser rápida, então."

"Está sem senso de humor hoje?"

"Bem, eu não queria contar. Mas, se você e eu não

voltarmos às aulas na segunda, vamos ser expulsos da Academia."

Ela vai ficar mais decepcionada que ele. A Polícia Estadual de Massachusetts tem seus próprios investigadores de cena de crime, não precisa de Win na rua coletando provas pessoalmente, e neste momento ele não está nem aí para ser diretor dos laboratórios criminais ou qualquer outra coisa. Então pensa que talvez tenha perdido o entusiasmo por suspeitar que o enviaram para estudar no Sul apenas para deixá-lo pronto para trabalhar no caso Finlay, para posicioná-lo para fins egoístas, políticos e ainda desconhecidos. E ele não sabe mais direito quem está por trás do quê.

"Win?", Sykes está perguntando.

Ele vê a casa e uma picape branca na entrada, cerca de um quarteirão adiante à esquerda.

"Não se preocupe", Win diz. "Vou dar um jeito."

"Você não pode dar um jeito! Eu vou me encrencar toda com o TBI, provavelmente vou ser demitida. Não fique dizendo que vai resolver uma coisa que você não pode, Win!"

"Eu disse que vou dar um jeito", ele repete, andando mais depressa ao ver Matt surgindo dos fundos da casa, indo em direção à picape, esse bebum imbecil, esse perdedor.

"É bom eu contar a outra coisa", Sykes diz, desanimada. "Confirmei com a senhora Barber, a *finesse* em pessoa. Mamada de novo, aliás. E você tinha razão."

"E?" Win está quase correndo.

"Ela mandou o caso para o escritório da promotora uns dois meses atrás, disse que um sujeito com voz de jovem, mal-educado, telefonou para ela, lhe deu instruções. Ela não mencionou por que eu não perguntei, diz que muitas pessoas ligam para perguntar coisas. Desculpe."

"Preciso ir", Win diz, correndo rápido.

Ele segura a porta da picape no instante em que ela está

fechando, e o valentão gordinho olha para ele, chocado, depois furioso.

"Tire sua mão suja do meu carro!"

Ele é agressivo, estúpido, fede a cerveja e cigarros, seu hálito é tão ruim que Win consegue senti-lo no momento em que abre totalmente a porta, fica parado entre ela e o assento da frente. Ele olha bem nos olhinhos cruéis do marido imprestável de Suzy, que provavelmente estava vagabundeando, esperando que ela aparecesse, ou, no mínimo, esperando que ela passasse de carro, o visse e fugisse apavorada.

"Quem é você e o que quer?", Matt grita.

Win apenas o encara, um truque que aprendeu muito tempo atrás no parquinho da escola, depois que ficou maior e cansou de ser aporrinhado. Quanto mais você encara alguém sem dizer nada, mais perturbada a pessoa fica, e os olhos de Matt parecem estar recuando feito pequenos moluscos se enterrando na areia, se escondendo. Agora ele não é mais tão valente. Win fica parado ali, bloqueando a porta, olhando para ele.

"Cara, você é maluco", Matt diz, começando a entrar em pânico.

Silêncio.

"Agora me deixe, não estou fazendo nada para ninguém." Ele cospe enquanto fala, tão assustado que parece que vai sujar as calças.

Silêncio.

Então Win diz: "Ouvi dizer que você curte chutar cachorros e agredir sua mulher".

"Isso é mentira!"

Silêncio.

"Quem disse isso está mentindo!"

Silêncio.

Então: "Só quero que você lembre o meu rosto", Win diz numa voz muito baixa, olhar fixo, sem nenhum vestígio de emoção. "Se você incomodar a Suzy mais uma vez, se machucar mais um bicho, este rosto é o último que vai ver."

12

Win recebe a notícia frustrante de que a análise de DNA ainda não foi concluída. Ele explica que a situação é urgente, pergunta em quanto tempo eles podem terminá-la. Talvez mais um dia ou algo assim. Ele pergunta exatamente o que os resultados podem indicar.

"Um histórico genealógico", o dr. Reid explica pelo telefone. "Baseado em quatro grandes grupos biogeográficos de ascendência: africano subsaariano, indo-europeu, asiático e americano nativo, ou uma mistura."

Win senta-se na cadeira de balanço favorita de Nana, junto à janela aberta, e os sininhos de vento produzem um som baixo, leve, doce.

"Tecnologia baseada em polimorfismos de nucleotídeo simples", o dr. Reid explica. "É diferente dos testes normais de DNA, que exigem a análise de milhões de pares base de genes em busca de padrões, muitos deles irrelevantes. Basicamente, o que nos interessa são uns dois mil marcadores de informações sobre ascendência..."

Win ouve um cientista típico dando de forma típica explicações demais, despejando informações sobre alguma versão beta de uma máquina que é 99,99% precisa, sobre algum teste que pode prever a cor de um olho humano a partir do DNA com 95% de precisão, sobre a Faculdade de Medicina de Harvard e uma licença que o laboratório tem para desenvolver alguma droga contra anemia...

"Opa." Win para de balançar. "O que as drogas têm a ver com isto?"

"Farmacogenética. Quando começamos a traçar perfis de ascendência, não foi para trabalhar em casos criminais. O objetivo original era ajudar empresas farmacêuticas a descobrir como a genética pode ser aplicada ao desenvolvimento de drogas."

"Vocês têm alguma ligação com a Faculdade de Medicina de Harvard?" Win tem outra de suas sensações estranhas.

"Você por acaso já ouviu falar de PROHEMOGEN? Para tratamento de anemia associada com insuficiência renal, quimioterapia, HIV tratado com zidovudina. Ajuda a reduzir a necessidade de transfusão de sangue."

Uma brisa agita as árvores do outro lado da janela de Nana, e os sininhos parecem bater com mais força.

"Doutor Reid", Win diz, "o senhor se importa em me dizer há quanto tempo foi enviada a amostra do caso Finlay?"

"Acho que faz uns dois meses."

"Demora tudo isso?"

"Em tese, cinco dias, uma semana, mas é uma questão de prioridade. Atualmente estamos analisando DNA em uns cem outros casos de crimes ativos, diversos deles envolvendo estupradores e assassinos em série. Me disseram que não tinha pressa."

"Entendo. Faz vinte anos. O cara de quem estamos falando provavelmente não está mais matando pessoas."

"Não é um cara. A primeira coisa que sempre fazemos é um teste que nos fornece o sexo da pessoa a partir de um desses marcadores de que lhe falei. Ambas as amostras de DNA são de pessoas do sexo feminino."

"Ambas? O quê?"

"Amostras de áreas da roupa ao redor do pescoço, embaixo dos braços, na virilha, onde é possível encontrar células de suor, resíduos de pele, nos deram o perfil de uma mulher com um DNA diferente daquele encontrado nas manchas de sangue, que sempre se assumiu serem da vítima, e realmente são", ele diz. "Nesse ponto eles acertaram na época."

* * *

O centro de arquivamento onde o Sequoyah Hills Country Club guarda décadas de registros é um enorme complexo de pequenos prédios de concreto conectados como vagões de trem num terreno de dois acres.

Embora o local tenha temperatura controlada, não tem iluminação, e Sykes passa o facho estreito de sua lanterninha por caixas brancas de papelão, enquanto Missy confere o inventário para dizer o que tem dentro.

"E-3", Sykes lê.

"Novembro de 1985", diz Missy. "Estamos perto."

Elas continuam. O lugar está abafado, cheio de pó, e Sykes está cansada de vasculhar caixas velhas em espaços escuros e claustrofóbicos enquanto Win corre de um lado para o outro em New England, fazendo sabe-se lá o quê.

"E-8", ela lê.

"Junho de 1985. Parece que elas estão meio fora de ordem."

"Sabe de uma coisa?", Sykes decide, levantando outra caixa pesada de uma estante de metal. "Vamos pegar as do ano inteiro."

O porteiro do prédio histórico de tijolos em Beacon Hill não quer deixar Win fazer o que pretende, que é aparecer sem avisar na porta de Lamont.

"Sinto muito, senhor", diz o homem mais velho de uniforme cinza, um porteiro entediado que passa a maior parte do tempo atrás de uma mesa, é claro que lendo jornais. Há uma pilha deles embaixo da cadeira. "Preciso interfonar para ela primeiro. Qual é o seu nome?"

Boçal. Você acaba de me dizer que ela está em casa.

"Está bem. Acho que você não me deixa outra escolha." Win suspira, põe a mão dentro do bolso do paletó, tira a carteira e a abre, mostrando suas credenciais. "Mas preciso mesmo que você não fale nada para ela. Estou no meio de uma investigação extremamente delicada."

115

O porteiro fica um bom tempo olhando o distintivo de Win, sua carteira de identidade, depois olha de perto o rosto dele, com algo estranho e incerto no olhar, talvez um toque de entusiasmo, então diz: "Você é aquele... Aquele cara que estava no jornal. Agora reconheço você".
"Não posso falar sobre isso", Win diz.
"Na minha opinião, você fez o que tinha que fazer. Agiu certo. Os moleques de hoje são uns imprestáveis."
"Não posso falar sobre isso", Win diz enquanto uma cinquentona entra no lobby, terninho amarelo de grife, uma *chaneliana*, como Win chama mulheres ricas que precisam ostentar os enormes cês duplos da Chanel.
"Boa tarde." O porteiro a cumprimenta educadamente com a cabeça, quase faz uma reverência.
Ela ignora a existência de Win, então de repente olha de novo, o encara sem pudor, flertando de leve. Ele sorri de volta, a vê andar em direção ao elevador.
"Vou subir junto com ela", Win diz ao porteiro, sem lhe dar chance de protestar.
Ele atravessa o lobby a passos largos enquanto as portas de latão polido do elevador se abrem, e embarca numa nau de mogno que está prestes a carregá-lo numa missão que Monique Lamont provavelmente não vai apreciar nem esquecer.
"Eles precisam mesmo trocar isto. Quantas vezes tenho que dizer? Como se o prédio não pudesse comprar um elevador novo", diz a chaneliana, apertando o botão do oitavo andar, olhando Win de cima a baixo como se ele estivesse em liquidação e ela estivesse pensando em comprar tudo.
O elevador range como o *Titanic* afundando. Lamont está hospedada neste prédio, mas ninguém parece saber em qual apartamento. Nenhum está no nome dela.
"Você mora no prédio? Não me lembro de ter visto você antes", diz a chaneliana.
"Só estou de visita." Ele parece confuso, olhando os botões do elevador. "Ela disse que era na cobertura, mas

parece ter duas coberturas. Cobertura e cobertura dois. Ou será que era...?" Ele começa a fuçar os bolsos, como se procurasse um papel.

O elevador para. As portas demoram a abrir. A chaneliana não se mexe, fica pensativa, diz: "Se você me disser quem veio visitar, talvez eu possa ajudar".

Ele limpa a garganta, baixa a voz, se aproxima, o perfume dela perfura suas narinas como um furador de gelo. "Monique Lamont, mas é confidencial."

Os olhos dela se acendem, ela confirma com a cabeça. "Décimo andar, canto sul. Mas ela não mora aqui. Só visita. Com frequência. Provavelmente para ter um pouco de privacidade. Todo mundo tem direito a uma vida própria." Os olhos dela estão fixos nos dele. "Se é que você me entende."

"Você a conhece?", ele pergunta.

"Sei quem é. Ela chama um pouco a atenção. E as pessoas comentam. E você? Me parece familiar."

Win estica o braço, impede que as portas fechem, responde: "Muitas pessoas dizem isso. Tenha um bom dia".

A chaneliana não gosta de ser dispensada, sai do elevador, não olha para trás. Win tira o celular, liga para Sammy.

"Me faça um favor. O apartamento de Lamont." Ele dá a Sammy o endereço. "Descubra quem é o proprietário, o locatário, o que for."

Ele desce no décimo andar, onde há duas portas de cada lado de um pequeno hall de mármore, e toca a campainha do apartamento 10-S. Toca três vezes antes de ouvir a voz desconfiada de Lamont do outro lado.

"Quem é?"

"Sou eu, Win", ele diz. "Abra a porta, Monique."

Destrancam-se fechaduras, a porta pesada de madeira se abre, Lamont está do outro lado, com um aspecto horrível, como se tivesse acabado de sair do chuveiro.

"O que você quer? Você não tinha o direito de vir aqui", ela diz furiosa, afastando do rosto os cabelos úmidos. "Como você entrou?"

Ele passa por ela, fica parado sob um lustre de cristal bacará, examina as cornijas e lambris sofisticados e a madeira rica, antiga.
"Bonito este lugar. Quanto vale? Uns dois milhões? Quatro ou cinco, talvez seis?", ele pergunta.

Sykes está sentada dentro de um escritório, num clube que jamais teria dinheiro para frequentar, e fica imaginando se Vivian Finlay se achava melhor que todo mundo e a teria desprezado como uma menina rude da roça, que provavelmente não sabe que garfo usar para a salada. A verdade sobre vítimas de crimes é que muitas delas são antipáticas.
Ela procura entre a papelada, já chegou até maio. O que descobriu até agora é que a sra. Finlay era muito ativa, jogava tênis até três vezes por semana, sempre almoçava depois, e, a julgar pelo valor das contas, nunca comia sozinha e tinha o hábito de pagar toda a conta. Parece que ela jantava ali uma ou duas vezes por semana e gostava do *brunch* aos domingos. Ela também não jantava sozinha, considerando o valor elevado das contas.
A sra. Finlay obviamente era generosa, e Sykes suspeita que o motivo de sua generosidade era poder mostrar sua boa fortuna, já que, neste clube, era improvável que seus convidados fossem duros. O mais certo é que ela fosse uma dessas pessoas que sempre pagam a conta toda porque gostam de ser poderosas, gostam de estar no comando, uma dessas pessoas controladoras, orgulhosas, do tipo que sempre fez Sykes se sentir simplória e pequena. Ela já saiu com vários homens assim, pensa em como Win é diferente de qualquer um que jamais conheceu.
Como naquela noite no Tennessee Grill, os dois olhando o sol se pôr no rio, uma noite especial de grandes cheesebúrgueres e cerveja, ela ardendo com a esperança de que ele estivesse tão atraído por ela quanto ela estava por ele. Quer dizer, *está*. Ela não pode negar, fica pensando

que isso vai passar. Naquela noite era a vez de ela pagar, e ela pagou porque, diferentemente da maioria dos homens, Win não se importa — não que ele seja pão-duro, porque com certeza não é. Ele é generoso e gentil, mas acredita que as coisas devem ser iguais para que ambos se sintam *capazes e vivam o prazer de presentear*, como ele explica. Win reveza. No estande de tiro, no volante do carro, nas contas de restaurante, ou apenas na conversa, ele é o mais justo que pode.

Sykes olha a fatura do mês de julho e se anima quando percebe que, além do aluguel da quadra e dos almoços da sra. Finlay, um *visitante* jogou tênis e golfe no clube. Quem quer que fosse este *visitante*, ou ainda que fossem visitantes diferentes em ocasiões diferentes, pensa Sykes, num período de duas semanas quase dois mil dólares foram gastos em "vestuário" nas lojas de artigos esportivos e debitados na conta da sra. Finlay. Sykes começa o mês de agosto.

No dia 8, o dia em que a sra. Finlay foi morta, um *visitante* jogou tênis aparentemente sozinho, pois há uma taxa de aluguel da máquina que lança bolas, algo que a sociável sra. Finlay parece nunca ter usado. Naquele mesmo dia, um *visitante* gastou quase mil dólares na loja de artigos de tênis e debitou na conta da sra. Finlay.

Não há nada entre Lamont e Win além de uma mesa antiga e o roupão vermelho de seda dela.

São quase sete da noite, o sol está alaranjado de fogo, uma faixa rosa corta o horizonte, a janela está aberta e o ar quente entra.

"Por que você não se veste?", ele diz pela terceira vez. "Por favor. Somos dois profissionais, dois colegas conversando. Vamos continuar assim."

"Você não está aqui porque somos colegas. E o apartamento é meu, eu visto o que quiser."

"Não é verdade, o apartamento não é seu", ele diz.

"Sammy teve uma conversinha com o síndico. Parece que seu diretor de laboratório criminal está muito bem de vida."

Ela fica em silêncio.

"Monique? Onde Huber arranja tanto dinheiro?"

"Por que você não pergunta para ele?"

"Por que você está no apartamento dele? Tem alguma coisa rolando entre vocês dois?"

"Estou sem teto por enquanto. Acabe logo com isso, pode ser?"

"Está bem. Voltamos a isso depois." Win se inclina para a frente, repousa os cotovelos na mesa. "Posso falar primeiro ou lhe dar uma chance de me contar a verdade."

"Sim, colegas, como você diz." Os olhos dela estão fixos nos dele. "Agora você vai me dizer que tenho o direito de ficar calada e que qualquer coisa que eu disser pode ser usada contra mim, por causa de um crime que você acha que eu cometi?"

"Verdade." Ele diz de novo. "Você está encrencada. Não posso ajudar se você não me contar a verdade."

"Não faço ideia do que você está falando."

"O escritório em cima da sua garagem", ele continua. "Quem usa aquele lugar?"

"Você arranjou um mandado de busca antes de fuçar lá?"

"Sua propriedade é cena de um crime. O lugar todo, cada centímetro. Não preciso explicar isso para você."

Ela pega um maço de cigarros, tira um, suas mãos tremem. É a primeira vez na vida em que ele a vê fumar.

"Quando foi a última vez que você esteve no apartamento em cima da sua garagem?", ele pergunta.

Ela acende o cigarro, dá uma tragada forte, tem a delicadeza de soltar a fumaça para o lado e não no rosto dele.

"De que você pretende me acusar?"

"Vamos, Monique. Não estou querendo incriminar você."

"Parece que está." Ela arrasta um cinzeiro para perto.

"Veja, vou contar exatamente como foi." Win tenta

uma abordagem diferente. "Eu entro na sua garagem pela porta lateral, que aliás tinha sido aberta, a fechadura arrombada."

Ela solta a fumaça, bate as cinzas, nos olhos um brilho de medo que vira raiva.

"E vejo evidência de que um carro esteve lá, marcas de pneus sujos, possivelmente deixadas da última vez que choveu. Que seria a noite em que você foi atacada."

Ela escuta, fuma.

"Vejo a escada e subo nela, encontro um apartamento de hóspedes que parece desabitado, a não ser por umas pegadas no carpete."

"E, é claro, você vasculha o lugar", ela diz, recostando-se na cadeira como se o convidasse a olhá-la de um jeito que não deveria.

"Se eu fiz isso, o que eu encontrei? Por que você não me diz?"

"Não faço ideia", ela diz.

13

Lamont bate as cinzas, soltando fumaça, seus olhos não largam os dele, seu roupão apenas uma membrana vermelha sobre sua pele nua, bem amarrado ao redor de sua cintura, mas formando um decote.

"Sabe todos estes laboratórios de alta tecnologia com que você lida na Califórnia?", Win diz. "Tem muita grana em biotecnologia, na indústria farmacêutica. Grande potencial para fraude, esquemas. É engraçado como esse tipo de coisa passa de uma pessoa para a outra. Às vezes contamina pessoas que não eram más, mas ficaram expostas."

Ela está escutando, fumando, olhando para ele, o mesmo brilho perturbador nos olhos.

Ele pergunta: "Você está me ouvindo?".

"Agora você vai bancar o policial malvado, Win? Não vai funcionar. Eu conheço o truque melhor que você."

"Você acha que pode fazer isto comigo?", ele diz. "Deixa me mandarem para o Tennessee, então me arrasta de volta para cá para trabalhar nesse seu caso que é só uma jogada de publicidade. Uma carta de ameaça. Acusações de que o tiro não foi legítimo, como você pôde fazer isso comigo, que tipo de pessoa faria uma coisa dessas?"

"Uma sugestão de que o tiro precisava ser investigado. Uma sugestão feita por uma promotora pública que joga de acordo com as regras." Os olhos dela o encaram. "Eu segui o regulamento."

"Ah, sim. Você e suas regras. Você e seu ego e suas

maquinações. Um arquivo policial desaparecido, um arquivo de caso de homicídio que ninguém consegue encontrar. Bem, adivinha só. Eu encontrei. E adivinha onde. No quarto de hóspedes em cima da sua garagem. Você está maluca?"

"O quê?" Ela parece confusa, assustada.

"Você ouviu o que eu disse."

"O arquivo do caso Finlay estava no quarto na minha garagem? Eu nem sabia que estava sumido ou que a promotoria tinha posse desse arquivo... Onde estava?"

"Diga você." Ele está ficando muito bravo.

"Eu diria se soubesse!"

"Que tal no forno?"

"Isso é para ser uma piada?"

"O arquivo do caso Vivian Finlay estava dentro do seu forno."

Ela tem de novo aquele olhar de suspeita, desprezo. "Alguém chapado e muito idiota", ela resmunga. "Alguém com a memória de um inseto. Para queimar o meu filme."

"Você escondeu o arquivo lá dentro?"

"Não sou imbecil", ela diz, esmagando o cigarro como se o estivesse matando lentamente. "Obrigada, Win. Você acaba de me dar informações importantíssimas."

Ela se inclina para a frente, repousa os braços na mesa, fornecendo a ele uma visão imprópria, seus olhos repletos de um convite que ela nunca fez no passado.

"Pare, Monique", ele diz.

Ela não se mexe, espera, assiste a Win olhando, e os olhos dele têm vontade própria, mais do que nunca ele imagina como seria estar com ela...

"Não faça isso." Ele desvia o olhar. "Sei como você deve estar se sentindo. Já trabalhei com vítimas de violência sexual..."

"Você não sabe nada! Eu não sou uma vítima!"

A explosão dela parece estremecer a cozinha.

"E eu não vou ser uma vítima", ele diz numa voz baixa, fria. "Você não vai me usar como confirmação de que ainda é uma mulher desejável. Guarde isto para o seu terapeuta."

"*Você* confirmar?", ela diz, fechando o roupão. "Acho que é o contrário. Acho que eu é que estaria confirmando você." Ela se endireita na cadeira, olhando para baixo, piscando e tentando não chorar.

Segue-se um longo silêncio enquanto ela luta para se controlar.

"Sinto muito." Ela enxuga os olhos. "É injusto e peço desculpas. Não quis fazer isso."

"Fale comigo", Win diz.

"Se você tivesse se dado ao trabalho de investigar isto tudo um pouco mais a fundo" — ela recupera a compostura e a língua afiada — "talvez tivesse descoberto que eu não uso a garagem. Faz meses que não estaciono meu carro lá. É outra pessoa que faz isso. Ou fazia. Eu nem ponho os pés naquele lugar."

"Que pessoa?"

"Toby."

"Toby?", ele diz, furioso, sentindo que tem mais alguma coisa. "Você deixou aquele imbecil sem cérebro morar no seu imóvel? Jesus."

"Você parece estar com ciúme." Ela sorri, fumando.

"E você parece achar que deve algo a Huber..." Suas ideias estão emaranhadas. Ele quase cospe quando fala.

"Não importa."

"Importa sim!"

"Ele me perguntou se Toby podia morar lá enquanto trabalhava para mim. Para que ele saísse de casa."

Win pensa nas notas de cem dólares no bolso de Baptista, no galão de gasolina, nos trapos. Ele pensa nas chaves desaparecidas que obrigaram Lamont a andar até os fundos da casa, um lugar escuro e cheio de árvores, para tirar a chave reserva da caixa. Pensa na queda de Toby por drogas, nas acusações de porte de drogas feitas a Baptista em sua recente visita ao tribunal de menores.

"Deixe eu perguntar uma coisa", Win diz. "Você sabe de algum motivo pelo qual Huber queira você morta?"

Lamont acende outro cigarro, sua voz fica rouca com a fumaça. Ela parou com os martínis, está servindo uma taça de vinho branco.

Ela o observa, o avalia, vê que ele também a observa, esperando que seus olhos a encontrem. Meu Deus, ele é o espécime masculino mais bonito que ela já viu. Calças escuras, vincadas; camisa branca de algodão; pele lisa, bronzeada; cabelos pretos como um corvo; e olhos que mudam feito o tempo. Ela lembra a si mesma que está um pouco bêbada, se pergunta como seria... Então se impede de chegar até o fim.

Win não diz uma palavra. Ela não consegue saber o que ele está pensando.

"Sei que você não tem respeito por mim", ela então diz, fumando.

"Tenho pena de você", ele diz.

"É claro." Ela sente o ódio subindo, esmagando seu coração. "Você e sua laia conseguem o que querem de nós, e depois nos jogam fora. Nos transformam em lixo, depois nos tratam que nem lixo. Guarde sua compaixão para uma das suas namoradinhas siliconadas."

"Tenho pena porque você é vazia."

Ela ri, e a risada soa oca.

Vazia. Ela tem vontade de chorar de novo, não entende o que há de errado com ela, num minuto está no controle, no outro está prestes a desabar.

"Você procura alguma coisa para preencher seu enorme vazio, Monique. Tudo do bom e do melhor. Poder. Fama. Mais poder. Beleza. Qualquer homem que você escolher. Tudo isso é frágil, como todo o seu vidro. Basta o menor trauma ou decepção e tudo se quebra."

Ela vira o rosto para longe dele, não o deixa ver seus olhos.

"Vou perguntar outra vez, você teve alguma coisa a ver com o fato de o arquivo do caso Finlay ter ido parar no quarto em cima da sua garagem, onde Toby estava morando?"

"Para quê?" Ela explode numa voz trêmula, olhando para ele outra vez. "Para esconder de você? Não. Eu já disse. Nunca vi esse arquivo. Achei que estivesse no Tennessee."

"Então você não viu quando ele chegou no seu escritório? Toby diz que pôs na sua mesa."

"Ele é um mentiroso e imbecil. Eu nem sabia que o arquivo ia ser enviado para o meu escritório. É claro que ele interceptou."

"Então devo supor que ele levou o arquivo para o quarto na garagem e o escondeu. Ou perdeu. Ou fez alguma outra coisa."

"Eu não entro ali, não desde que ele foi morar lá. É só um quarto de hóspedes, raramente usado."

"Ele também não parece ter usado muito. Você nunca o viu entrando ou saindo?"

"Não prestei atenção."

"Nunca viu o carro dele?"

"Às vezes eu ouvia, em geral muito tarde da noite. Eu não me metia na vida dele. Sinceramente, não me importava. Assumia que ele ficava fora o tempo todo, curtindo com seus amigos drogados."

"Talvez um amigo drogado de nome Roger Baptista. Ao que parece, Toby nunca pretendeu voltar para o seu escritório nem para o seu quarto de hóspedes depois das férias em Martha's Vineyard."

Ela está pensando, seu rosto está tenso, irado. Assustado.

"Por que Toby ia querer tirar esse arquivo do seu escritório?", Win a pressiona.

"Ele é esquecido, tem o cérebro podre por causa das drogas, não tem mais memória..."

"Monique?"

"Porque alguém pediu para ele fazer isso, o que você acha? Para me fazer parecer incompetente, corrupta. Eu não tinha aquilo de que precisava para trabalhar no caso. Sem o arquivo, é impossível, não é? Se esse arquivo foi achado em casa, é péssimo para mim."

Win apenas escuta.

"Alguém mandou Toby pegar o arquivo, e o descerebrado obedeceu." Ela fica em silêncio por um instante, depois diz: "Imbecil, incompetente. Morta ou viva. Seja como for, Crawley é reeleito".

"Você acha que ele teve alguma coisa a ver com isso?"

"É muito conveniente Toby ter viajado naquela noite. Quando você apareceu, quando aconteceu aquilo, Toby não estava lá. Tinha acabado de partir para Martha's Vineyard. Não havia testemunhas. Aquela carta ridícula que deixaram no Diesel Café provavelmente foi para garantir que você não decidisse aparecer na minha casa e impedir justamente o que você impediu."

"Então você sabe sobre isso também", Win diz. "Me deixe adivinhar. Huber e suas gravatas de seda. Uma escarlate aquela noite."

"Eu descobri depois que aconteceu. Agora eu vejo um motivo diferente para ele ter feito isso. Uma carta de ameaça para manter você ocupado. Caso decidisse aparecer na minha casa, vir me visitar..."

"Por que ele acharia isso?"

"Ciúme patológico. Ele acha que todo mundo me quer. Acha que todo mundo quer você. Toby provavelmente o escolheu a dedo, você deve ter razão." Ela voltou para outro assunto, para Baptista. "Deve ser um de seus contatos de drogas. Provavelmente o conheceu em uma de suas idas ao tribunal. Você acha que ele pagou?"

"*Ele* quem?"

Ela olha para Win, olha por um bom tempo, então diz: "Você sabe muito bem".

"Huber", Win diz, e não vai ser fácil interrogá-lo quando chegar a hora.

"Provavelmente foi Jessie quem invadiu o quarto na garagem..."
"Por quê? Para encontrar o arquivo?"
"Sim." Então: "Não sei. Não sei. Só sei que ele queria queimar meu filme. Acabar com a minha reputação. Depois da minha morte. Ou agora. Em vida...".
Sua voz está trêmula, seus olhos cheios de lágrimas furiosas. Win a observa, aguarda.
"Então me diga." Ela mal consegue falar. "Ele também pagou Baptista para me estuprar?" Ela levanta a voz, as lágrimas caem.
Win não sabe. Não sabe o que dizer.
"Ou o pagou apenas para me matar e queimar a casa, e o merdinha inútil incluiu o estupro de brinde. Oh, sim. O famoso crime de oportunidade."
"Por quê?", Win pergunta em voz baixa. "Por que o..."
"Por que o *exagero*?", Lamont o interrompe com uma risada áspera. "Por quê? Ora, vamos, Win. Você vê isso todo dia. Ódio. Inveja. Ser caçoado, desrespeitado, ameaçado. Vingança. Mate alguém todas as vezes e de todos os jeitos horríveis que conseguir, certo? Humilhe esse alguém, faça com que sinta o máximo possível de dor e sofrimento."
Imagens daquela noite, de Monique. Win tenta impedir que aflorem.
"Bem, ele tentou", ela diz. Então: "Quanto?".
Ele sabe o que ela está perguntando. Não responde.
"Quanto?"
Ele hesita, mas diz: "Mil dólares".
"Então é só isso que eu valho."
"Isso não tem nada a ver e você sabe..."
"Não vem com essa", ela diz.

14

A loja de armas e munições Rex's fica na Upward Road, em Flat Rock, e é um bom lugar para um encontro privado, pois fica fechada aos domingos. É bom saber que as pessoas da Carolina do Norte que acreditam em armas de fogo e camuflagem respeitam o sabá.

Sykes e Win estão sentados em cadeiras dobráveis em algum lugar entre estantes de rifles e equipamento de pesca. Um robalo de três quilos pregado na parede lança a Sykes um olhar de peixe morto. Apoiado num mostrador de vidro cheio de pistolas está Rutherford, o xerife de Henderson County, amigo de Rex, e que por isso conseguiu a chave para que os três entrassem e pudessem ter uma conversinha sobre o caso Finlay. A cara de Rutherford combina com seu nome, o que é um pouco estranho, mas um fenômeno que Sykes observou a vida inteira.

O homem é grande e barulhento como um trem de carga, intimidante e voltado para uma única direção — a dele. Mais de uma vez ele fez questão de lembrar, de um jeito ou de outro, que Flat Rock é sua jurisdição, deixou claro que, se alguém for prender George e Kimberly "Kim" Finlay, esse alguém vai ser ele, diz que primeiro precisa entender por que é preciso fazê-lo. Por isso Sykes e Win estão fazendo o possível para explicar com paciência os fatos do caso, detalhes que vieram à tona quando passaram a noite anterior inteira acordados, dirigindo de Knoxville até ali, depois se hospedando num motel Best Western, destrinchando e juntando informações de um arquivo de caso ao qual deveriam ter tido acesso desde o começo, páginas e páginas de relatórios, depoimentos de testemunhas, e uma dúzia de fotos nojentas que tornam muitas coisas perturbadoramente claras.

Foi Kim quem descobriu o corpo brutalizado da sra. Finlay e ligou para a emergência às 14h14 do dia 8 de agosto. Ela afirmou que estava usando a Mercedes sedã branca de George, tinha saído para resolver umas coisas e decidiu aparecer para fazer uma visita. No entanto, algumas horas antes, entre as dez e meia e onze da manhã, um aposentado que morava a alguns quarteirões da casa da sra. Finlay em Sequoyah Hills viu Kim na área dirigindo sua Mercedes conversível vermelha. Quando o detetive Barber a interrogou a respeito, ela forneceu a explicação simples de que, enquanto estava fora, aproveitou para parar em Sequoyah Hills e passear com sua cadela maltês, Zsa Zsa, no Cherokee Boulevard, ou *o Boulevard*, como ela dizia. Nada de muito suspeito nisso, pois o Cherokee Boulevard era, e ainda é, um lugar onde muitas pessoas, inclusive não moradores, vão passear com seus cachorros. Kim, que não morava em Sequoyah Hills, costumava passear com Zsa Zsa ali diariamente, dependendo do tempo, e 8 de agosto tinha sido um dia ensolarado.

Em seu depoimento a Barber, ela continuou a tecer sua história razoavelmente crível, afirmando que levou Zsa Zsa para casa por volta do meio-dia, foi conferir o estado de George, que estava *de cama com um resfriado*, então saiu de novo na Mercedes dele porque a Mercedes conversível dela *estava sem gasolina e fazendo um barulho estranho*. A caminho da lavanderia, decidiu *dar uma passada* na casa da sra. Finlay e, quando ela não atendeu a porta, Kim entrou sozinha e levou *o mais terrível choque* de sua vida. Ela então contou a Barber, debulhando-se em lágrimas, que havia andado muito preocupada com a segurança da sra. Finlay. *Ela tem todo esse dinheiro e gosta de ostentar. Mora sozinha e é ingênua, confia demais nos outros*, disse, acrescentando que alguns dias antes, naquela mesma semana, *quando George e eu fomos jantar com ela, vimos um negro meio suspeito olhando para a casa dela. Quando embicamos para entrar, ele foi embora muito rápido.*

George, é claro, confirmou a história da mulher. George, é claro, também tinha boas histórias para contar, inclusive que tinha *quase certeza* de que sua tia havia notado aquele mesmo negro vários dias antes, subindo e descendo a rua perto da casa dela — *vagabundeando*, como ela dissera. George também tinha *quase certeza* de que *provavelmente* deixara um martelo no parapeito de uma janela na suíte da tia, depois de usar a ferramenta para ajudá-la a pendurar um quadro, ele não sabia exatamente quando, mas não muito tempo antes de *aquilo acontecer*. Surgiu uma teoria plausível: a sra. Finlay voltou para casa do tênis, ou das compras, ou de algum outro lugar, e flagrou seu agressor, que só chegara a roubar uma caixa de moedas de prata que supostamente estava *bem à vista numa penteadeira na suíte principal.*

Em uma das anotações de Barber, ele escreveu que, quando a polícia chegou, havia água na banheira, uma toalha úmida pendurada do lado, e outra toalha úmida, maior, no chão do quarto não longe de onde o corpo foi encontrado. Ele especulou que, quando o assassino ouviu a sra. Finlay chegar de carro, *pode ter se escondido* e a observado se despir para tomar banho, o que *pode tê-lo excitado sexualmente*. Talvez no momento em que ela estava totalmente nua, exceto pela *calcinha azul com babado*, ele a confrontou, e quando ela começou a gritar, ele avistou o martelo no parapeito da janela e o usou.

O que Barber não considerou, pelo menos não por escrito, foi a possibilidade de a sra. Finlay estar na banheira quando o agressor apareceu, de que na verdade o agressor talvez fosse alguém que ela conhecia tão bem a ponto de permitir que essa pessoa entrasse no quarto, até mesmo falasse com ela enquanto ainda estava na banheira ou se enxugando, quem sabe uma amiga ou parente íntima, alguém que nem sempre tenha se dado bem com ela. Nunca pareceu ocorrer a Barber que a sra. Finlay pudesse ter sido morta por alguém que lhe era muito próximo, e a cena armada depois para parecer uma tentativa de agressão sexual que chegou ao ponto de a calcinha ser puxada até os joelhos, antes que o agressor furioso a espancasse até a morte.

De acordo com o depoimento de uma das parceiras de tênis da sra. Finlay, uma hostilidade mútua havia brotado entre Kim e a sra. Finlay ao longo do verão, e a sra. Finlay *tinha começado a dizer que os chineses deveriam trabalhar em lavanderias, e não casar com pessoas como o sobrinho dela.* Sykes com certeza teria ficado bem alerta se estivesse investigando o caso e alguém tivesse lhe dito isso, teria levado a história até o fim, teria juntado os pontos, decidido que Kim e a sra. Finlay não se gostavam muito, e que talvez, quando Kim apareceu na casa após o tênis naquele dia — depois de outra farra de compras debitadas na conta da sra. Finlay —, elas entraram numa discussão que terminou muito mal.

"Ainda me parece bastante circunstancial", diz Rutherford, o xerife, apoiado num mostrador de pistolas.

"O DNA não é circunstancial", Win responde, e continua olhando para Sykes, como se quisesse lembrar ao xerife que eles dois estão juntos nisso.

"Não entendo por que não descobriram o DNA naquela época. Tem certeza de que nada foi contaminado depois de vinte anos?"

"Eles não faziam teste de DNA naquela época", Win diz, olhando para Sykes, e ela confirma com a cabeça. "Apenas sorologia comum, tipificação ABO, o que com certeza indicou que o sangue nas roupas de tênis era da senhora Finlay. Mas o que eles não testavam vinte anos atrás eram áreas da roupa que talvez fornecessem outras informações biológicas."

"Que áreas?", pergunta o xerife, com um olhar impaciente no rosto.

"Áreas que roçam na pele, áreas que talvez contenham

suor ou saliva, outros fluidos do corpo. É possível extrair de todo tipo de coisa. Golas de roupa, embaixo dos braços, aba de chapéus, meias, dentro de sapatos, chiclete, bitucas de cigarro. Precisamos de uma tecnologia muito sensível para testes assim. São testes avançados de DNA. E, aliás, quando o DNA está contaminado, não são obtidos falsos positivos."

Rutherford não quer entrar no assunto, diz: "Bem, George e Kim não vão causar nenhum problema. E, como eu disse, sei que eles estão em casa. Mandei minha secretária ligar para eles, fingir que estava coletando dinheiro para o fundo contra furacões da Ordem Fraternal da Polícia. Vocês já viram algo parecido com estes furacões? Na minha opinião, o Todo-Poderoso está descontente com alguma coisa".

"Há muito com que ficar descontente", Sykes diz. "Muita ambição, ganância e ódio, as mesmas coisas que levaram à morte da senhora Finlay."

O xerife Rutherford não diz nada, não olha para a cara dela, faz todos os seus comentários para Win. O mundo é dos homens, o que provavelmente explica por que há tantos furacões. É um castigo pelo fato de as mulheres não ficarem em casa obedecendo a ordens.

"Antes de vocês irem", o xerife diz a Win, "eu queria esclarecer a parte do trem, porque ainda suspeito que foi homicídio, talvez com envolvimento de algum tipo de crime organizado, a Máfia do Sul ou algo assim. E, se foi isso" — ele balança devagar sua cabeça papuda —, "então talvez fosse bom usar uma abordagem diferente, chamar o FBI."

"Com certeza não foi homicídio." Sykes está irredutível. "Tudo o que eu descobri sobre o caso de Mark Holland indica suicídio."

"Tudo o quê?", o xerife pergunta para Win, como se fosse ele quem tivesse dito aquilo.

"Por exemplo o fato de que, quando ele era casado com Kim, ela gastou todo o dinheiro dele e o estava traindo, tendo um caso com o melhor amigo dele, outro policial. Mark tinha muitos motivos para estar deprimido e bravo", ela diz, olhando direto para o xerife.

"Isso talvez não bastasse para convencer Barber", acrescenta Win, "mas deveria tê-lo levado a fazer algumas perguntas sobre o caráter e a moral de Kim. O que ele claramente fez, já que contatou o escritório do legista em Chapel Hill, depois grampeou uma foto dos restos mortais de Holland no inventário de pertences pessoais da autópsia da senhora Finlay."

"Um inventário de pertences pessoais com roupas de tênis? Só porque as roupas de tênis eram tamanho quarenta, ele deu um salto de Sherlock para um atropelamento por um trem?", Rutherford desembrulha um chiclete de hortelã, pisca para Win, diz: "Acho que vou deixar meu DNA nele, hein?". Então: "Continue". Mascando. "Continue, estou ouvindo. Relacione isso com o caso do trem. Espero que consiga." Mascando.

"Quarenta e quatro", Sykes diz. "As roupas de tênis eram quarenta e quatro."

"Bem, não que eu seja perito em roupas de mulher, mas não consigo ver nenhuma conexão entre o pobre policial atropelado por um trem e as roupas de tênis da velha senhora morta. Você está querendo dizer que o detetive Barber percebeu que a roupa era grande demais para a senhora Finlay?" Ele diz isso tudo para Win.

"Aposto que Barber não percebeu", Sykes diz.

"Não acho que eu teria percebido", o xerife diz a Win. "E você, teria?" Ele pisca para ele de novo, mascando.

"Foi justamente o detetive Garano quem percebeu", Sykes diz.

"Uma resposta mais simples é que Barbie enviou as roupas de tênis ensanguentadas para serem testadas nos laboratórios do TBI", Win sugere. "Ele tinha uma cópia do inventário e grampeou nela a foto do necrotério. Pôs dentro da fatura do MasterCard, talvez porque lá estavam listadas as cobranças do mês anterior referentes à viagem dele ao escritório do legista em Chapel Hill. As pessoas fazem essas coisas, não pensam a respeito. Quem sabe."

"Isso é verdade", Sykes concorda, pensando no arquivo que o imbecil do Toby Huber enfiou no forno.

"Muitos detalhes nunca fazem sentido", Win prossegue. "Muitas lacunas nunca são preenchidas. Muito do que é reconstituído provavelmente parece pouco com o que acontece de verdade nesses minutos, nessas frações de segundo, em que um impulso de violência dá fim à vida de alguém."

"Você é algum tipo de filósofo?", Rutherford espreme os olhos, masca o chiclete.

Win se levanta da cadeira, olha para Sykes, dá o sinal.

"Só precisamos de um tempinho para dar a eles a boa notícia, depois você pode deter os dois", Win diz ao xerife.

Pelo menos ele disse "nós", pensa Sykes. Ele não precisava incluí-la. *O caso é dele*, ela pensa, mas, por mais que se lembre disso, se sente desapontada, deprimida, rancorosa. Depois de tantos lugares escuros, caixas e telefonemas e depois de perder aulas da Academia e tudo o mais, a sensação de fato é de que o caso é dela, e seria ótimo poder dizer a Kim e George Finlay que eles não escaparam impunes, que estão prestes a ser algemados e a morar num casarão muito diferente do que estão acostumados — um casarão com arame farpado.

"Eles são boa gente", Rutherford diz a Win enquanto eles andam até o estacionamento, dá uma boa olhada de desprezo no velho Volks Rabbit de Sykes, a mesma coisa que fez assim que Win e ela chegaram. "Bem, me liguem quando estiverem prontos", ele diz a Win. "É mesmo uma pena prender aqueles dois." Mascando chiclete. "Eles nunca causaram nenhum problema por aqui."

"E parece que não vão ter chance de causar", Sykes diz.

A alguns quilômetros dali fica Little River Road, onde

inúmeros moradores ricos de Flat Rock possuem grandes casas e imóveis, muitos deles casas de veraneio, cujos donos vêm de lugares distantes como Nova York, Los Angeles, Boston e Chicago.

Sykes tira o carro da entrada comprida de terra, estaciona do lado, no mato, para que ela e Win possam aparecer sem aviso prévio. Eles saem do carro e começam a andar em direção à casa que o sobrinho de Vivian Finlay, George, e sua esposa 93% *asiática*, Kim, herdaram da sra. Finlay após o assassinato. O abastado casal está junto há 22 anos, seu casamento se realizou seis meses depois que o primeiro marido de Kim, o detetive Mark Holland, cometeu suicídio em trilhos solitários de trem, numa parte erma da Carolina do Norte.

"Enfim, sei que eu teria feito isso", Sykes comenta, continuando uma conversa que os dois vêm tendo nos últimos dez minutos.

"É fácil dizer isso vinte anos depois do fato", diz Win. "Nós não estávamos lá."

"Você não teria se dado ao trabalho de verificar as reservas de tênis?", Sykes diz enquanto eles seguem o caminho de terra, chegando perto da casa onde George e Kim desfrutam sua vida privilegiada em sua adorável casa. "Não teria feito a mesma coisa que eu fiz?"

Ela precisa lembrar a Win mais uma vez como ela trabalhou duro, que investigação incrivelmente minuciosa e inteligente ela fez.

"Se Barber tivesse feito isso, teria percebido que não foi a senhora Finlay quem usou o lançador de bolas naquele dia", Sykes continua, insistindo nesse ponto pela quarta vez, "a não ser que ela tivesse assinado como *visitante*. Ele só precisava perguntar."

"Talvez a sensação dele tenha sido um pouco parecida com a minha", sugere Win. "Ele não gostaria de lidar com um clube que nunca o aceitaria como membro."

Ela se aproxima dele. Ele põe o braço ao redor dela.

"Então, ela vai ser presa?", Sykes pergunta, e não está falando de Kim Finlay.

Está pensando em Monique Lamont.

"Pessoalmente, acho que ela já foi punida o bastante", Win diz. "Mas ainda tenho umas contas para acertar com ela."

Por um instante eles ficam em silêncio enquanto andam sob o sol, seguindo o caminho comprido e sinuoso, árvores por toda parte. Ele consegue sentir o peso no coração de Sykes, sentir sua dor e decepção.

"É, você tem mesmo várias contas para acertar lá em cima", ela diz. "Imagino que você vá embora depois de lidar com estes dois." Ela olha na direção da casa.

"Bem que precisamos de uns bons csis em Massachusetts", ele diz.

Ela anda com o braço ao redor dele, segurando-o com força.

"Você acha que a caixa de moedas de prata existia de verdade?", ela pergunta, talvez para mudar de assunto, talvez para parar de pensar no lugar onde Win mora e trabalha, onde tem a vida dele, uma vida enroscada na de Lamont, por mais que ele negue.

"Provavelmente", ele diz. "E imagino que Kim pegou a caixa quando saiu da primeira vez, depois de matá-la, tentando descobrir como armar a cena para parecer um crime de roubo e estupro, disfarçar o que na verdade deve ter sido um crime impulsivo. É só pôr a culpa num negro de aparência suspeita. Funcionava que nem mágica, principalmente naquela época. As pessoas costumavam chamar a polícia para denunciar meu pai. Acontecia muito. Ele estava em seu próprio quintal e era denunciado como vagabundo."

O sol está quente sobre a cabeça deles, o ar fresco, o telhado da casa agora visível, despontando por cima das árvores. Eles desfazem o abraço, andam separados, como colegas outra vez, falando sobre o caso, Sykes se perguntando por que Jimmy Barber nunca questionou o que aconteceu com os sapatos e as meias de Vivian Finlay, se perguntando o que Kim achou para vestir quando fugiu após despir suas roupas de tênis ensanguentadas, se perguntando muitas coisas.

Então a casa está bem diante deles. George e Kim Finlay, agora com mais de sessenta anos, estão sentados em cadeiras brancas no grande alpendre branco, almoçando.

Win e Sykes olham para o casal no alpendre, que olha para eles.

"São todos seus", ele diz em voz baixa.

Sykes olha para ele. "Tem certeza?"

"O caso é seu, parceira."

Eles seguem o caminho de ardósia, andam até os degraus de madeira que dão no alpendre, onde George e Kim pararam de comer. Então Kim se levanta da cadeira, uma mulher curvada de cabelos grisalhos presos, óculos de lentes escuras, rugas que indicam que ela faz muita cara feia.

"Estão perdidos?", ela pergunta em voz alta.

"Não, senhora, com certeza não estamos perdidos", Sykes diz, ela e Win subindo no alpendre. "Sou a agente especial Delma Sykes do Escritório de Investigação do Tennessee. Este é o investigador Winston Garano, da Polícia Estadual de Massachusetts. Falei com você no telefone outro dia, lembra?", ela diz a George.

"Ah, sim", George limpa a garganta, um homem pequeno, de cabelos brancos, tira o guardanapo da gola de sua camisa Izod, parece não saber se deve ficar em pé ou sentado.

"O assassinato de Vivian Finlay foi reaberto devido a novas provas", Sykes diz.

"Mas que provas pode haver depois de tantos anos?", diz Kim, que se faz de desentendida, até tenta parecer perturbada pela lembrança.

"Seu DNA, senhora", Sykes diz.

15

Ele e Nana, uma missão secreta, meados de outubro, o começo de uma noite fria, sem muita lua.

Watertown, dirigindo depressa rumo a um endereço onde uma cliente dela disse que brigas de cães estavam sendo realizadas em segredo no porão nos fins de semana, brigas terríveis, violentas, pugs, terriers, buldogues, pit-bulls, famintos, maltratados, mutilados. Vinte dólares era o preço da entrada.

Win ainda consegue ver a cara de Nana enquanto ela batia com força na porta, a cara do homem quando ela entrou em sua casa escura, imunda.

Você está entre os meus dedos, ela disse, levantando dois dedos e apertando um contra o outro. *E estou espremendo. Onde estão os cachorros? Porque vamos levar todos eles agora.* E ela espremeu os dedos com toda a força, bem na cara desalmada dele.

Bruxa demente!, ele gritou para ela.

Vá dar uma olhada no seu quintal, veja todas aquelas moedas brilhantes espalhadas, ela disse, e talvez o tempo tenha enfeitado a história, mas, pelo que Win se lembra, no instante em que ela mencionou as moedas e o homem foi até a janela para olhar, um vento forte surgiu do nada e um galho de árvore bateu nessa mesma janela e estilhaçou o vidro.

Nana e Win foram embora com o carro lotado de cachorros — pobres criaturas mutiladas. Ele chorava sem controle, tentava fazer carinho neles, fazer alguma coisa para que não sentissem dor e não tremessem tanto, e, depois que os deixaram no hospital veterinário, foram para casa. Tinha feito muito frio, o aquecedor tinha sido ligado dentro da casa, e a mãe, o pai de Win e Pencil estavam mortos.

"Pencil?", Monique Lamont pergunta, sentada em sua mesa de vidro.

"Um labrador amarelo mestiço meio bobão. Chamava Pencil porque quando era filhote sempre mastigava meus lápis", Win responde.

"Intoxicação por monóxido de carbono."

"Sim."

"Que horrível." Soa tão vazio quando Lamont diz isso.

"Senti que era culpa minha", ele diz a ela. "Talvez você também sinta isso a respeito do que aconteceu com você, que de algum modo é culpa sua. Vítimas de estupro muitas vezes sentem isso. E você sabe. Já viu bastantes vezes na promotoria, no tribunal."

"Eu não sou uma vítima."

"Você foi estuprada. Quase assassinada. Mas você tem razão. Você não é uma vítima. Você foi uma vítima."

"Assim como você."

"De um jeito diferente, mas é verdade."

"Quantos anos você tinha?", ela pergunta.

"Sete."

"Jerônimo", ela diz. "Sempre me perguntei por que o apelido. Coragem? Determinação? Vingança pelas mortes na sua família? *O grande guerreiro apache.*"

Ela voltou a ser a pessoa que sempre foi, vestindo seu belo terno preto, o sol iluminando cada objeto de vidro em sua sala. Win sente como se estivesse no meio de um arco-íris, um arco-íris que pertence a ela. Se ela contar a verdade, toda a verdade, existe esperança.

"Foi porque você precisava virar o herói?", ela pergunta, tentando demonstrar simpatia e esconder seu medo. "Você tinha que virar o guerreiro porque foi o único que sobrou?"

"Porque eu me sentia inútil", ele diz. "Não queria praticar esportes, competir, participar de equipes, fazer nada que pudesse de algum modo me avaliar e mostrar quão inútil eu realmente era. Então eu ficava na minha, lendo, desenhando, escrevendo, todas essas coisas solitárias. Nana começou a me chamar de Jerônimo."

"Porque você se sentia inútil?", Lamont pega sua água com gás, uma expressão vazia em seu rosto marcante.

Nana sempre dizia a ele: *Você é Jerônimo, meu querido. Nunca se esqueça disso, meu querido.*

E Win diz a Lamont: "Uma das muitas coisas que Jerônimo disse foi *Não posso achar que somos inúteis, ou senão Deus não nos teria criado. O sol, a escuridão, os ventos estão todos ouvindo o que temos a dizer.* Então aí está, o que eu tenho a dizer sobre mim mesmo. A verdade, Monique". Ele acrescenta: "Agora é sua vez. Estou aqui para ouvir, mas só se você pretende me contar tudo".

Ela bebe água, olha para ele, deliberando, então diz: "Por que você se importaria, Win? Sinceramente, por quê?".

"Por justiça. As piores coisas que aconteceram não foram culpa sua."

"Você ia mesmo se importar se eu fosse presa?"

"Seu lugar não é a prisão. Não seria justo com as outras detentas."

Surpresa, ela ri. Mas sua alegria se dissipa depressa. Ela bebe mais água, suas mãos mostram nervosismo.

Win diz: "Isto não é só porque você está concorrendo ao cargo de governadora, é?".

"Pelo jeito, não", ela diz, seus olhos fixos nele. "Não, é claro que não. Era um plano duplo. O fato de eu perder o arquivo do caso Finlay e depois ele aparecer na minha propriedade teria feito da iniciativa Em Risco uma farsa, feito de mim e da promotoria uma farsa, teria feito Huber cair nas graças do governador. Eles dois estão nessa juntos, não tenho dúvida. Seria a minha morte ou a minha ruína, ou ambas, na verdade. Ninguém diria boas coisas no meu funeral. Inútil. Eu também conheço essa palavra,

Jerônimo." Ela faz uma pausa, olhando para ele. "Inútil e ingênua."

"O governador quer você morta?"

Ela nega com a cabeça. "Não. Só não queria que eu ganhasse a eleição. Jessie queria que o governador fosse grato a ele — como você acha que ele chegou onde está na vida? Favores. Manipulação. Ele me queria morta e, é claro, isso com certeza teria facilitado a vida de Crawley também, mas não. Nosso caro governador não teria estômago para isso. Jessie sempre quer tudo em excesso. Principalmente dinheiro."

"Uso de informação privilegiada, Monique? Talvez comprar ações num laboratório de DNA de alta tecnologia que está prestes a receber muita atenção?"

Ela pega a garrafa de água. Está vazia. Tira o canudo, joga na lixeira de vidro embaixo da mesa.

"PROHEMOGEN", Win diz. "Tecnologia de DNA que geneticamente associa pacientes a drogas. O laboratório que você escolheu para sua jogada de mídia pode traçar perfis muito antigos em casos de crimes, mas não é aí que está a grana."

Ela ouve. Sempre faz essa cara quando está juntando as informações.

"A grana está em usar a genômica para ajudar a desenvolver as superdrogas da próxima geração. Uma grana preta", Win diz.

Ela não responde, ouve com atenção.

"O laboratório na Califórnia", ele continua falando. "Toda a atenção nacional que você, a governadora, vai atrair para ele por causa daquela velha senhora morta no Tennessee. Ora, isso é muito conveniente, não é? Você chama uma baita atenção para eles e sua biotecnologia tão lucrativa — lhes dá toda essa publicidade grátis —, e adivinha o que acontece? Talvez suba a cotação deles. Quantas ações você possui?"

"Isso deixa pelo menos uma coisa clara", ela diz. "Ele queria fazer parecer que eu levei o arquivo para casa, que eu estava escondendo o caso. Mas queria garantir que fosse encontrado."

Ele olha para ela por um longo instante, diz: "Muito esperto. Acabar com você, mas salvar o dia. O arquivo do caso seria achado mais cedo ou mais tarde. Publicidade e mais publicidade. À sua custa. Talvez resolvessem o caso, talvez não, mas seria uma baita publicidade para esse laboratório na Califórnia".

"O laboratório vai ganhar publicidade de qualquer modo. Já ganhou. O caso foi resolvido."

"O laboratório não fez nada de errado. Na verdade, fez tudo certo. Ajudou a resolver o caso."

Ela confirma com a cabeça, distraída.

"A triste verdade é que aquela velha senhora morta não fez diferença nenhuma em nada disto", Win diz. "As instâncias de poder não se importam."

Lamont está pensando, provavelmente tentando direcionar a conversa de um jeito que lhe convenha, diz: "Sei que você provavelmente não acredita em mim, mas eu me importava. Eu queria que o caso dela fosse resolvido".

"Quantas ações você possui?", Win pergunta outra vez.

"Nenhuma."

"Tem certeza?"

"Essa ideia nunca teria passado pela minha cabeça. Eu não sabia nada sobre a empresa, mas Jessie tem informação privilegiada sobre todo tipo de biotecnologia, todo tipo de laboratório particular que surge pelo mundo inteiro. Eu não sabia disso, do laboratório na Califórnia e sua biotecnologia. Só achei que estávamos cuidando de um homicídio de vinte anos atrás que se tornou uma iniciativa pública contra o crime, que eu batizei de Em Risco. De verdade."

"Era com Huber que você estava na noite anterior à do ataque? Provavelmente quando suas chaves sumiram? Você disse que tinha saído, foi para o trabalho direto do tal lugar onde estava."

Win tem um gravador ligado sobre a mesa de vidro. Ele está fazendo anotações.

"Nós jantamos. Não posso... Posso acreditar em muitas coisas a respeito dele..."

"Motivo." Win não vai deixar que ela se esquive da resposta.

Ela demora um tempo, então diz: "Jessie e eu somos amigos. Assim como ele e você são amigos".

"Duvido que seja do mesmo jeito."

"No começo deste ano, ele me deu uns conselhos sobre minha carteira de ações." Ela limpa a garganta, tenta falar numa voz mais firme. "Ganhei algum dinheiro, percebi o que estava acontecendo uma semana depois, quando li no jornal que o governo tinha autorizado a venda de uma droga específica que estava sendo desenvolvida em um laboratório, não naquele do caso Finlay. Em outro."

"Isso é motivo suficiente para ele encomendar sua morte?"

"Ele recebe informações privilegiadas em troca de subcontratar a análise de milhares de amostras de DNA para nosso banco de dados, para bancos de dados em outros estados com base nas recomendações dele. Grandes compras de instrumentos para os laboratórios dele, recomendações para que outros laboratórios criminais comprem as mesmas coisas. Vem acontecendo há anos."

"Ele admitiu tudo isso para você?"

"Depois que ele me deu as dicas das ações, muitas coisas começaram se encaixar." Ela olha para o gravador. "Quanto mais ele me contava, mais eu ficava envolvida. Sou culpada de uso de informação privilegiada. Depois sou culpada de conspiração, de saber o que o diretor estadual dos laboratórios criminais está fazendo e não abrir a boca. Isso sem falar..."

"Exato. Na sua relação pouco profissional."

"Ele me ama", ela diz sem nada na voz, enquanto olha para o gravador.

"Que jeito incrível de demonstrar isso."

"Terminei com ele meses atrás, depois que me deu as dicas das ações e eu percebi no que ele estava envolvido, no que eu tinha acabado de me envolver. O que ele é. Eu disse a ele que não o amava mais, não desse jeito."
"Você o ameaçou?"
"Eu disse que não queria ter nada a ver com as atividades ilegais dele, que elas precisavam acabar. E, se não acabassem, haveria consequências."
"Quando você disse isso a ele?"
"Na primavera passada. Provavelmente não foi uma coisa esperta de se dizer", ela murmura, olhando fixamente para o gravador.
"Você podia ter solicitado a presença de um advogado", Win lembra a ela. "Você disse tudo isso por vontade própria. Eu não forcei você."
"Belo terno, aliás." Ela olha para seu terno cinza-claro, engole, tenta sorrir.
"Empório Armani, umas três temporadas passadas, setenta pratas. Eu não forcei você", ele repete.
"Não, não forçou", ela diz. "E vou enfrentar o que vier."
"Vai testemunhar contra Huber?"
"Será um prazer."
Win pega o gravador, tira o disco, diz: "Você já pensou que aqui tem vidro o bastante para botar fogo no prédio inteiro?".
Ele escolhe um peso para papéis feito de cristal, segura-o diante de um raio de sol que entra por uma janela, mira um ponto branco de calor no gravador. Lamont observa embasbacada um fio fino de fumaça que sobe.
"O que você está fazendo?", ela diz.
"Você está vivendo dentro de um isqueiro, Monique. Pode pegar fogo a qualquer momento. Talvez você devesse tomar mais cuidado, tirar o foco de você, direcioná-lo para outro lugar. Focar muito intensamente no lugar certo."
Ele entrega a ela o gravador estragado, seus dedos tocando de leve, diz: "Para o caso de você perder a coragem. Fique com isto e lembre o que eu disse".

Ela concorda com a cabeça, enfia o disco estragado num bolso.

"Um conselho. Quando outra pessoa entrevistar você, como um júri, por exemplo", ele acrescenta, "sugiro que deixe de lado os detalhes desnecessários. Do modo como eu vejo, a maioria das pessoas vai assumir que Huber estava armando para cima de você, conspirando com o governador, ciumento, vingativo porque você o desprezou, ganancioso. E assim por diante. Eu anotei a maior parte. As informações relevantes." Ele mostra seu bloco de anotações. "Só deixei de fora as informações que podem gerar equívocos. E você sabe que informações são essas. Como, por exemplo, essas ações que Huber recomendou, qualquer coisa ilegal que ele tenha admitido para você e que você nunca contou a ninguém. Não há provas. Você poderia ter escolhido fazer o investimento que quisesse, isso não quer dizer que obteve informações privilegiadas, certo? É a palavra dele contra a sua."

Ela o observa, o estuda, enquanto ele aperta uma tecla no celular.

"Sammy?", ele diz. "Quero que tragam Huber para ser interrogado. Sim. Chegou a hora. Consiga o mandado, vamos dar busca em todos os imóveis dele. E nosso amiguinho Toby. Traga ele também."

"Com prazer. Deixe comigo", Sammy diz.

"Tentativa de assassinato, conspiração para assassinato, incêndio premeditado. E vejamos." Win olha para Lamont, vê nos olhos dela parte daquele velho brilho de aço. "Tenho certeza de que os federais vão adorar saber de todas as violações dele na bolsa de valores."

"Mas e depois? E quanto a mim?", Lamont pergunta a Win quando ele desliga o telefone. "Você acha mesmo que vou ficar bem?"

"Engraçado como nada muda", ele diz, levantando da cadeira, sorrindo para ela. "Engraçado como a questão é sempre você, Monique."

SÉRIE POLICIAL

Réquiem caribenho
Brigitte Aubert

Bellini e a esfinge
Bellini e o demônio
Bellini e os espíritos
Tony Bellotto

Os pecados dos pais
O ladrão que estudava Espinosa
Punhalada no escuro
O ladrão que pintava como Mondrian
Uma longa fila de homens mortos
Bilhete para o cemitério
O ladrão que achava que era Bogart
Quando nosso boteco fecha as portas
O ladrão no armário
Na linha de frente
Lawrence Block

O destino bate à sua porta
Indenização em dobro
Serenata
James M. Cain

Post-mortem
Corpo de delito
Restos mortais
Desumano e degradante
Lavoura de corpos
Cemitério de indigentes
Causa mortis
Contágio criminoso
Foco inicial
Alerta negro
A última delegacia
Mosca-varejeira
Vestígio
Predador
Livro dos mortos
Em risco
Patricia Cornwell

Edições perigosas
Impressões e provas
A promessa do livreiro
Assinaturas e assassinatos
O último caso da colecionadora de livros
John Dunning

Máscaras
Passado perfeito
Ventos de Quaresma
Leonardo Padura Fuentes

Tão pura, tão boa
Correntezas
Frances Fyfield

O silêncio da chuva
Achados e perdidos
Vento sudoeste
Uma janela em Copacabana
Perseguido
Berenice procura
Espinosa sem saída
Na multidão
Céu de origamis
Luiz Alfredo Garcia-Roza

Neutralidade suspeita
A noite do professor
Transferência mortal
Um lugar entre os vivos
O manipulador
Jean-Pierre Gattégno

Continental Op
Maldição em família
Dashiell Hammett

O talentoso Ripley
Ripley subterrâneo
O jogo de Ripley
Ripley debaixo d'água
O garoto que seguiu Ripley
A chave de vidro
Patricia Highsmith

Sala dos Homicídios
Morte no seminário
Uma certa justiça
Pecado original
A torre negra
Morte de um perito
O enigma de Sally
O farol
Mente assassina
Paciente particular
Crânio sob a pele
P. D. James

Música fúnebre
   Morag Joss

Sexta-feira o rabino acordou tarde
Sábado o rabino passou fome
Domingo o rabino ficou em casa
Segunda-feira o rabino viajou
O dia em que o rabino foi embora
   Harry Kemelman

Um drink antes da guerra
Apelo às trevas
Sagrado
Gone, baby, gone
Sobre meninos e lobos
Paciente 67
Dança da chuva
Coronado
   Dennis Lehane

Morte em terra estrangeira
Morte no Teatro La Fenice
Vestido para morrer
Morte e julgamento
Acqua alta
Enquanto eles dormiam
   Donna Leon

A tragédia Blackwell
   Ross Macdonald

É sempre noite
   Léo Malet

Assassinos sem rosto
Os cães de Riga
A leoa branca
O homem que sorria
O guerreiro solitário
   Henning Mankell

Os mares do Sul
O labirinto grego
O quinteto de Buenos Aires
O homem da minha vida
A Rosa de Alexandria
Milênio
O balneário
   Manuel Vázquez Montalbán

O diabo vestia azul
   Walter Mosley

Informações sobre a vítima
Vida pregressa
   Joaquim Nogueira

Revolução difícil
Preto no branco
No inferno
   George Pelecanos

Morte nos búzios
   Reginaldo Prandi

Questão de sangue
Os ressucitados
O enigmista
   Ian Rankin

A morte também frequenta o Paraíso
Colóquio mortal
   Lev Raphael

O clube filosófico dominical
Amigos, amantes, chocolate
   Alexander McCall Smith

Serpente
A confraria do medo
A caixa vermelha
Cozinheiros demais
Milionários demais
Mulheres demais
Ser canalha
Aranhas de ouro
Clientes demais
A voz do morto
A segunda confissão
   Rex Stout

Fuja logo e demore para voltar
O homem do avesso
O homem dos círculos azuis
Relíquias sagradas
   Fred Vargas

A noiva estava de preto
Casei-me com um morto
A dama fantasma
Janela indiscreta
   Cornell Woolrich

ESTA OBRA FOI COMPOSTA PELO GRUPO DE CRIAÇÃO EM GARAMOND E
IMPRESSA PELA GEOGRÁFICA EM OFSETE SOBRE PAPEL PAPERFECT
DA SUZANO PAPEL E CELULOSE PARA A EDITORA SCHWARCZ
EM JANEIRO DE 2011